陪伴成长的心理专家手记

十年

—— 以系统的眼光
诠释生命智慧

祝丹 著

东北大学出版社
·沈 阳·

ⓒ 祝　丹　**2018**

图书在版编目（CIP）数据

十年：以系统的眼光诠释生命智慧 / 祝丹著. —
沈阳 ：东北大学出版社，2018.6
　ISBN 978-7-5517-1905-6

　Ⅰ．①十…　Ⅱ．①祝…　Ⅲ．①随笔—作品集—中国—
当代　Ⅳ．①I267.1

　中国版本图书馆 CIP 数据核字（2018）第141468号

出 版 者：东北大学出版社
　　　　　地址：沈阳市和平区文化路三号巷 11 号
　　　　　邮编：110819
　　　　　电话：024-83687331（市场部）　83680267（社务部）
　　　　　传真：024-83680180（市场部）　83687332（社务部）
　　　　　网址：http://www.neupress.com
　　　　　E-mail:neuph@neupress.com
印 刷 者：辽宁星海彩色印刷有限公司
发 行 者：东北大学出版社
幅面尺寸：170mm×240mm
印　　张：13.5
字　　数：225 千字
出版时间：2018 年 6 月第 1 版
印刷时间：2018 年 6 月第 1 次印刷
策划编辑：向　阳
责任编辑：郎　坤
责任校对：禹　泉
封面设计：潘正一
责任出版：唐敏志

ISBN 978-7-5517-1905-6　　　　　　　　　　　　定　价：60.00 元

赞　誉

特别恭贺祝丹医生心血之作《十年——以系统的眼光诠释生命智慧》的即将出版！祝丹在书中写到："手指割破了，医生能起的作用是消毒、缝合及专业指导，而受伤的手指是自行愈合的。生命不仅有强大的生长的力量，同时也具有惊人的自我疗愈的体系和能力。相信生命的内在复原力，您会发现很多奇迹！生命充满着智慧！"这既代表着本书的思想精髓，也展现着祝丹的人生智慧！她在繁忙工作中，在日常生活中，总能从不同的角度，看到不一样的色彩、不一样的资源、不一样的解决方法。这种能力，源自她积极乐观的天性，源自她积累丰厚的专业学识，源自她丰富多彩的人生体验。这本书更是她与读者分享人生智慧的一次努力！我相信，更多的人会因为读到这本书，而增长人生智慧！

清华大学

刘　丹

人生若以十年为计，通常也只是个位数。作者祝丹用她职场中的十年，以心理学人的眼光，从系统学的角度来解读她所经历的人生中的点点滴滴。这些领域涉及家庭教育、生命与人生、自我成长和医院管理。作者独特而新颖的视角，充满睿智和深刻的洞见，处处折射着她专业上的深厚和思想上的深邃。

书中的每一个小故事，都宛如一个新的大陆，在这个新大陆里，有迷人的风景，所到之处，都会有令人愉悦和兴奋的新发现。

感谢作者为我们呈现出一个别样而新奇的世界。

也期待作者在未来更多的十年里继续探索和发现，使我们能不断地延续难得的思想盛宴。

广州白云心理医院

沈家宏

时间的感觉真是奇妙，有时很长很长的时间却感觉很短很短，而有时很短很短的时间却又很长很长。十年的时间是短呢，还是长呢？也许有的人觉得很长，也许有的人却觉得很短。也许在有的事情体验上觉得很短，而在另外的事情上却又很长。在十年里可以做些什么？也许有的人做了许许多多的事情，也许有的人一事无成！而祝丹老师的十年，无疑是非常丰富的，陪伴并给予孩子良好的教育，使其成长为健康有为的青年；与爱人相濡以沫，拥有亲密幸福的关系；在热爱的心理健康专业领域里，不断成长着的同时，又回报着最需要她的那些人……最为可贵的是，她将十年里的精华凝缩为文字，惠泽单位里外那些需要的人。如今，凝聚她十年的汗水、用系统视角完美诠释生命智慧的书即将问世，可以让更多的人接触到并受惠，功德无量啊！

与祝丹初相识在六年前的美丽西湖旁，共同热爱系统式家庭治疗与催眠治疗的我们注定是要遇见！有如西子一样智慧与美貌并存的祝丹，果然如《十年——以系统的眼光诠释生命智慧》里见证的完美无缺。字字珠玑，而时间真是奇妙地将散落的珠玑串成美丽的珍品呈现在大家眼前，当你捧起时，就可以以你喜欢的方式鉴赏了，而她就在等着你。来吧，一起见证！

云南省心理卫生中心

蒋忠亮

看祝丹的文，如同看到祝丹的人！温暖、亲切，充满智慧！

《十年——以系统的眼光诠释生命智慧》用十年中的箴言，系统地讲述了一个心理工作者的助人历程、一个医者的智慧仁心、一个普通的生命成长的感悟。讲的是十年心路的历程，释的是岁月里生命的智慧，议的是用十年的时光

助力幸福的人生。

在阅读中回首，十年弹指一挥间，而祝丹的勤奋、睿智和坚持，将这十年的历程打造为生命的永恒，而这个十年更因见证了作者与身边人的成长，凝炼出一个个生命的感动，更释放了人性中美好而强大的力量。这是一本正能量满满的书，相信其中的内容不仅让作者铭记，更会因读者的阅思，使书中醇美的灵魂发挥持久的作用。

该书以系统的眼光诠释生命，也展现了作者内心的格局。十年中既是一个个片段，也是一种能量的传承，更是相互牵动着的生命的故事。文中的每个章节都不相同，而不同中又都有一致的部分，是那种对人自我发展、自我效能的信任，是那种对人自我管理、自我成长的鼓励，是那种对人的理解、尊重与希冀。

很喜欢这本书，文笔流畅，专业性强，在优美的表达中，自然流动着深刻的思想，这使我想起与祝丹的相识。我们的相识要追溯到约七八年前。一直以来，我被祝丹独特的人格魅力所吸引，也被她的执着所打动，在我心中，她既是我的好姐姐，也是我的挚友，更是合作的好伙伴，本书如同她的人一样，恰如美酒，需要品、耐品、值得品！

北方工业大学

姚彩琴

.

序 一

当祝丹医生邀请我为她即将出版的新书《十年——以系统的眼光诠释生命智慧》撰写序言时，是充满好奇的。在我看来，十年、系统、生命智慧，每个关键词背后都是沉甸甸的，书名似乎承载着相当丰富的信息和故事。而当我读到这本书时，是充满欣喜、感动和钦佩的。令我欣喜的是，我仿佛看到，在承担心理健康工作重任的医疗领域，一颗精神心理服务的新星正在冉冉升起；令我感动的是，祝丹医生是如此的开放和坦诚，勇敢地分享着自己的所思所想所感所悟；令我钦佩的是，她用十年磨一剑的恒心和坚持，撰写了今天这本接地气的图书。

与祝丹医生相识于2010年，在第四期中德高级系统式家庭治疗师连续培训项目中，我作为中方总协调，而祝丹医生是学员之一。2014—2016年，祝丹医生参加了我们举办的第一期中德高级家庭治疗督导师连续培训项目。同样作为从事精神卫生服务的医务工作者，我两在一些学术会议和国际培训项目中，也会不时相遇，彼此都很喜欢交流一些想法。我逐渐发现，祝丹医生很有自己独立的见解，她也很有社会正义感，有着自己的坚信和坚持。对于她所从事的临床心理服务工作，她充满着热爱，让我感受到她确实是在用心做着日常烦琐而又富有挑战性的临床工作。她肯于钻研，精益求精，经常得知她在不断地参加各种学习和培训。我能感受得到，她在扎扎实实地茁壮成长着，而且是朝着她自己所渴望和热爱的专业方向。近几年来，祝丹医生逐渐崭露头角，在个人成长和临床服务之余，她撰写科普图书、为大众开展心理科普讲座、为专业人员开展心理健康项目和心理治疗培训，为心理健康事业的发展做着更大的

贡献，发挥着自己独特的作用和影响力。

《十年——以系统的眼光诠释生命智慧》一书，以一位临床心理健康工作者的经历和视角，分享了每一个人在生活和工作中都可能面对的议题，包括个人成长、人际关系建设及精神卫生临床服务，思路广阔。更难能可贵的是，祝丹医生从日常生活和工作的点滴小事着手，运用心理学理论和技术，以朴实、真诚、通俗易懂又不乏大气和深刻的语言，兼具广度和深度，逐渐抽丝剥茧，从心理学视角阐述和剖析了老百姓日常生活中及医疗临床服务中一个个司空见惯的现象，令人读起来备感亲切、饶有趣味，又不乏醍醐灌顶之新意和深刻。

如今，国家卫生计生委等22个部门共同印发了《关于加强心理健康服务的指导意见》，党的十九大报告中指出："加强社会心理服务体系建设，培育自尊自信、理性平和、积极向上的社会心态"。在这样的社会大背景下，作为精神卫生工作者，我们所肩负的"普及心理健康知识，促进社会和谐"的责任尤为艰巨。正如本书中所言："把我们自己的生命活好，我们的家庭就会充满活力，集体就会充满力量，社会、国家及地球都会更加生机勃勃！生命充满了力量，也充满着智慧。而这一切，都源于爱！"我相信这本书对普及心理健康知识、提升公民心理健康素养，将有所贡献。

衷心祝愿祝丹医生在全民关注心理健康的时代背景下，在继续经营好自己的工作和生活的基础上，能运用自己多年来在临床工作和日常生活中的历练与积累，出版更多老百姓喜闻乐见的科普图书，指导人们生活得更加美好！

北京大学第六医院　林　红

2018年5月

序　二

　　春节前夕，祝丹主任向我说起想把医院院报《心理会客厅》栏目建立以来的文章整理成书。这与我的想法不谋而合。

　　医院职工是医院发展的关键因素，随着医疗体制改革的不断推进，职工的思想呈现出多层次、多元化的变化。作为医院的管理者，面临着前所未有的挑战，我们不得不面对全新的管理课题：医院生存和发展的新局势、患者不断增长的医疗需求、职工相对单一的工作环境和职工不断增加的工作量及压力等，这些复杂的多种因素不仅影响了职工的工作效率和工作积极性，也关系到职工的心身健康。因此，在推进科学化管理的过程中，要始终重视职工的健康状况，爱护好职工，注重职工的内源活力和动力，创造条件提升职工的幸福感和价值感，最大限度地帮助职工呈现出自己的最佳状态。只有医院职工自身的状态最佳，才能给患者提供恰到好处的服务，从而获得个人、单位及广大群众利益的多方共赢。基于此，2016年9月，由祝丹主任担任规划设计和技术支持、医院工会组织协调、多部门协作的"职工心理健康促进及心理资本提升"项目应运而生。

　　人的心理决定行为，管理学和心理学理论与实践的结合——心理资本——为人员管理提出了最核心也是最本质的方向。心理资本可以通过训练而获得。那么，伴随着项目主体活动的深入开展，职工的切身体悟和受益促使其在自我认知、思考力、执行力、工作状态等方面得到明显提升与改善，并认同医院对其成长的关注投入度，形成心理资本开发的成长理念和利他成长的积极氛围。当职工掌握了获得快乐的方法和幸福的能力，心理资本将会越来越强大，职工

队伍的心理能量和整体状态将会明显改观。

要将心理健康促进及心理资本提升项目成果转化为提升心理资本、工作绩效和幸福感受的能力，必须具备心灵滋养的"土壤"和"种子"。"土壤"是为职工搭建的心理成长平台，"种子"便是能够蕴含强大力量并能够开花结果的培训课程与教辅材料。

《十年——以系统的眼光诠释生命智慧》是祝丹主任历经十年，以心理学视角诠释生命智慧的心血结晶，汲取了医院百年文化养分，见证了医院十年的发展变化，凝结了医院十年的文化积淀，同时有力地滋养了读者的心灵，是职工心理健康促进和心理资本提升的良好教材资源。该书的内容是以身边发生的真实事例为切入点，联系心理学专业知识，多层面、多角度、全方位地展开论述，文风朴实自然，读来如沐春风，回味如甘甜泉水、与心共鸣！不仅适用于医院职工心理资本提升项目及文化建设，更是各企事业单位文化建设及个人心理成长的优质滋养资源。

"不积跬步，无以至千里；不积小流，无以成江海。"真诚感谢祝丹主任在繁忙工作之余的辛苦耕耘和无私奉献，为广大读者呈现了拥抱健康、快乐工作、幸福生活的温暖阳光。尽管我们选择的路布满艰辛与荆棘，只要不忘初心，牢记使命，脚踏实地，不懈努力，必将迎来喜结硕果的收获时节。与您共勉！

营口市中心医院院长　孙宏泰

2018 年 3 月

序 三

　　很高兴为祝丹主任撰写的《十年——以系统的眼光诠释生命智慧》作序。

　　我参加工作三十多年，对医院文化深有体会，医院文化是医院的精神和灵魂，是医院发展的持久生命力，更是医院"软实力"的重要象征。她影响着医院发展的方方面面。如今，医院文化越来越成为医院凝聚力和创造力的重要源泉，对促进医院全面发展具有重大的现实意义。

　　文化直抵人心，有着百年文化渊源的营口市中心医院于心理科成立后更丰富了医院文化的内涵，融入了医院文化中人文、心理和系统等元素。营口市中心医院临床心理科在过去的十年里，不断发展，锐意进取，为医院建设作出了重要贡献。临床心理科主任祝丹用其精湛的专业特长，帮助数以万计的患者"排忧解难"。与此同时，祝丹主任十年如一日地坚持为《营口市中心医院报》撰写稿件，用文字滋养着医务工作者和广大患者及家属的心灵。其中，仅为《心语会客厅》专栏撰写的稿件就近百篇，内容广泛，寓意深刻，既有深度，又有广度，发人深省！耐人寻味！颇受广大读者的好评！不仅作为科普将预防心理疾病端口前移，也助力了医院文化建设，扩大了医院的对外影响力。

　　国家和任何集体的发展，本质上都是人的发展；人的发展，其核心是心理的发展。《十年——以系统的眼光诠释生命智慧》，就像一股清泉，舒缓地流入读者的心田，抚平受伤的心灵，驱散心理阴霾。"家庭教育篇"通过一个个真实的故事，将心理学的专业知识糅合到家庭心理教育中，令人产生耳目一新的感觉，帮助您学会如何做恰当的父母；"人生感悟篇"引领您用心去听，用心感受生活中那些或大或小的温暖和快乐，提醒您只有当懂得接纳、给予和舍得

时，才会感受到生活的美好和生命的绚丽；"心路成长篇"通过作者本人的生活经历和细致入微的真实发现，带给您汇聚思想、行动、智慧、理性的力量，激发您前行的动力和成长的愿望；"工作情商篇"不仅激发医务人员工作中的情商，也让广大求医者认识到在疾病面前需要合作、在健康面前所需要做出的努力和应承担的责任，更让各行各业的人们认识到自身存在的价值。正如文中所说："今天你所经历的每一次付出，都是你未来快乐的资本。"

当您读了《十年——以系统的眼光诠释生命智慧》就会知道，作者祝丹用她独有的睿智与平和为读者带来心灵的安抚和生命的启迪。这是一本非常实用的书，品读文字，有一种既能被阳光温暖又能被雨露滋润的感觉，它就像一份宝藏潜入您的心底，伴随您的成长！

《十年——以系统的眼光诠释生命智慧》的出版，是医院文化建设的一个缩影，也是医院文化建设成果的最好展示。既是医院和谐健康发展的推动力，也是凝聚医院职工精神新的力量。让我们以这本书为载体，全力营造更加浓厚的医院文化氛围，让医院百余年积淀下来的文化宝典得到传承，并不断绽放光芒！将营口市中心医院人的大爱，辐射给越来越多的人们。

《十年——以系统的眼光诠释生命智慧》的出版，更是以祝丹主任为代表的营口市中心医院人送给广大读者的一份礼物！祝愿您怀着美好的心情，享受生活的美丽，诠释生命的智慧！

营口市中心医院党委书记　张家军

2018年3月

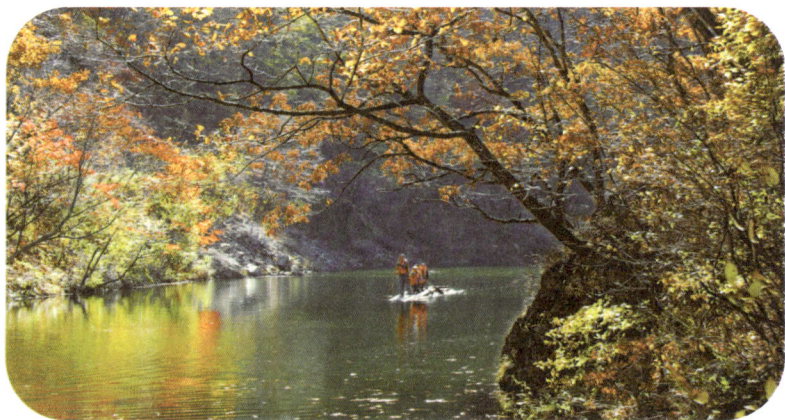

前　言

　　2008 年 6 月，我来到了营口市中心医院，创建了心理科，填补了营口地区综合医院缺少临床心理科的空白。与此同时，也与院报结了缘。

　　第一次投稿给院报时的场景，仿佛还在昨天。清晰地记得，当时医务部付义刚主任用鼓励的语气对我说："你可以试着写一写有关你专业方面的文章，投在我们医院的院报上，让更多的人了解和学习心理学方面的内容。"那时候，我从未写过院报，怀着忐忑的心情尝试着写，看到付主任认真审阅，并逐字逐句不厌其烦地给我修改，我很感动！于是，我在心里暗暗地告诉自己，给院报写文章要用心，尽量不要让主任多次修改，因为我知道付主任很忙。我也知道，不仅仅是院内的同事们，还有营口市很多人都会读到我们的院报，院报既是医院的门面，也展现着医院的文化和员工的风采。这种认识促使我努力认真地完成每一期院报的撰写工作。

　　2010 年 8 月的一个下午，当时负责院报编辑工作的杨成光老师特意来到我的办公室，和我商量是否愿意在院报上每月投一篇稿件，并开辟一个专栏，使院报更结构化和富有特色。当时的我，有些压力，担心自己不能胜任，但他的鼓励给了我尝试的勇气，从此，我便开始了小小园地的耕耘，收获渐丰，没想到，这块小园地竟也滋养了我，促使我不断成长，并逐渐增强了我对医院文化建设的思考力和责任感。

　　2010 年 10 月，院报第 61 期，《心语会客厅》栏目与大家见面了。自此栏目创办以来，我共计发表文章近 100 篇。几年来，先后有几位即将退休的姐姐们跟我商量怎么能在她们退休后依然可以读到我的文章，其中有一位姐姐说：

"祝丹，能不能把你在院报上发表的文章的电子版给我一份，因为我想打印出来经常看看，你的文章，看几次都觉得很值得再看。"还有的同事说："我常常把你写的文章拍照下来，给家里人看！"同事们的这些话鼓励着我！振奋着我！鞭策我不断地进步。

大家的反馈，也让我不断地反思和修正我对撰写院报的认识，使我对生活中很多事情有了再认识。其实，写院报的过程，既是在完成一项任务，又像是在一个舞台上排练。为院报书写十年，缔造了这本书的雏形，也造就了我的成长。

一直以来，我都非常感谢医院提供了这么好的平台，给了我展示的园地；感谢给予我莫大信任的来访者们，让我对生命智慧有了更多的遇见；感谢多年来进行院报编辑的同事们，给了我很多支持和认可，尤其是工会的赵艳丽主席和综合信息部的魏玲主任鼓励我将这些内容编辑成书，让更多的人读到并从中受益。感谢在这本书编辑过程中进行整理工作的伍星妹妹，她细致的工作总能让人有一种如沐春风的感觉。感谢杨成光老师这么好的创意，铺就了我成长的阶梯，不断增强我的获得感，并在退休后依然热情地把他拍摄的部分作品配在这本书里，一并分享给读者。

还要感谢一位小我两轮的年轻人，北京的张小叶小美女，她告诉我："您之前之作尽管您现在觉得还不够好，但仍有人会需要它们。若等些年后再出版，对于错过的读者而言，没有读到这些内容而影响他们的成长，于您来说莫不也是一种遗憾！"她的话很触动我，也给了我很多动力。

最终决定把这些院报文章整理成书的想法，源于医院开展的"职工心理健康促进及心理资本提升"项目，这是一个促进人的心理健康、提升人的心理资本、挖掘人的潜能和提升个人及团队工作绩效的一个好项目。作为一份资源，既往一期期有着心灵滋养作用的《心语会客厅》里面的文章，跃入了我的眼帘。这是医院孕育百年的既往文化资本的一个缩影，是多部门合作的结晶，是院报价值的体现，展现了营口市中心医院人的智慧、执着、合作、敬业、奉献和充满着爱的工作状态及主人翁精神。医院文化是医院整体服务理念的精髓，也是集体凝聚力的核心所在。把坚持做了十年的事情进行一下总结，这本身就是医院文化一个好的呈现，也是医院潜在资源开发的一个代表，这个意义也许比内容本身重要得多！于是，我开始了这本书的构思和整理工作。

伴一杯清茶，品读自己的文字，过往的一幕幕，犹如电影般在眼前闪过。每一篇文章都有一个故事，都是我的一份真情实感，它们记录了我的生活，也承载着记忆长河中这十年来的风风雨雨。十年前我第一次来到营口，当时儿子只有十一岁，是小学四年级的学生，现在已经读大学二年级了，看到孩子的成长才更加清楚，十年是一个什么概念！这十年我经历了很多，无论是生活上、专业上、思想上，还是心灵上，都有很多跌宕，也收获了很多成长！这十年里，不忘老朋友，结识新朋友，从身边做起，不断学习，却越来越感觉自己知识的匮乏，就像我的老公经常说的那样："越成长眼界越宽，圈子越大，则边长越长，看到圈外的世界也越大，感到未知的也就越多了。"这十年里也发生了很多变化，但始终有几样东西没有变，比如原来的电话号码；有几件事情一直在坚持，比如为院报撰写文章。

十年，见证了医院的发展和个人的成长！十年，记载着每一位中心医院人的努力和汗水！十年，就像一把尺子丈量着集体和个人生命的进步和成长！十年，足够证明一个集体或个人是否真的努力过！

或许我更想表达的是：您的坚持和努力终将美好！我们一起往前走！

祝　丹

2018年3月

目　　录

家庭教育篇

人生感悟篇

心路成长篇

工作情商篇

家庭教育篇

● 如果每一位父母都愿意认真学习做父母的话，那么一段时间后，整个家庭，整个社会，甚至全人类将会有翻天覆地的变化。

● 育儿如养花，不能按照我们的意愿去改变孩子，要尊重和接纳孩子的天赋，努力耕耘，用心培育，孩子定会如花株适时花开，那是属于孩子自己的花，无论是什么颜色什么样式。期待他的绽放，等着欣赏他的绚丽吧！

● 学习成绩很重要，但绝不是最重要的。要因材施教，注重孩子健全人格的培养，尊重和关注每个孩子的内心，培养孩子自我管理、责任感及感恩的心，使之成为独立的优秀的有能力获得幸福的人，这才是教育的根本！

● 孩子是窗口，透射出的是家庭的或家长的状态和问题。如果把刚出生的孩子的内心比作一张纯白的纸的话，那么，涂画成什么颜色的作品大多是父母努力的结果。

1

一盘棋，一堂课

中秋佳节，学习之余，儿子邀请父亲下一盘象棋。

论棋艺，父亲并不是儿子的对手。但父亲偏偏是认真的性格，每一步棋都要仔细斟酌，儿子本想借下象棋小憩一下，以缓学习之疲劳，而父亲每走一步都要思考很久，无奈之下，儿子拿起一份作业，打算在等待父亲走棋子的间歇里写一点儿。此时，父亲看在眼里，并没有说什么。

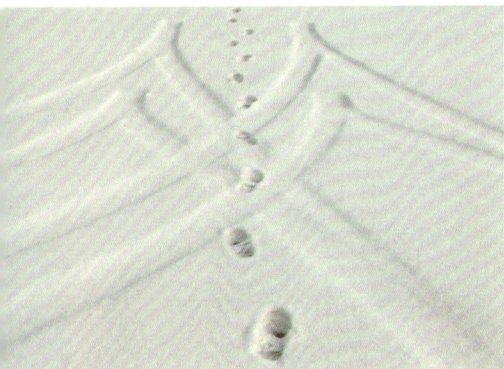

不一会工夫，就听到父亲说："儿子很聪明，和我下棋感到很轻松，甚至可以边下棋边写作业，但毕竟是'一心二用'，我虽然不是很会下象棋，但我认真走每一步，就因为我的专心致志，我竟然赢了儿子这盘棋。同时，我也给儿子上了一堂课——专心做事是多么的重要！"此时，我简直要鼓起掌来！

之后的一盘棋，父子俩似乎都钻进了棋盘里，简直没有办法打破他们的专注！

…………

对孩子的教育就在生活的点滴之中。身教永远胜于言教。我猜想，儿子至少在下棋这件事情上学会了一些东西。

父母的生活方式、态度和状态，就是对孩子的教育。

2

生命的力量

　　周六，和老公一起去母亲家，一进门就听到"叽叽叽"的声音。咦？好像是小鹅的叫声，我们俩循着声音来到阳台，果不其然，真的有几只小鹅正在阳台的大纸盒箱里，黄黄的，嫩嫩的，惹人喜爱！老公看见这几只刚刚出蛋壳的小鹅，很是惊喜，他蹲下去观看，突然发现其中一只小鹅站立不起来，连忙担忧地说："不会从此站不起来了吧？要不要给它治一治？"母亲在一旁笑着说："没关系，也许明天它就能站起来了！"周日晚上我俩再次来到母亲家，果然，几只小鹅齐刷刷地跑来走去，已经看不出哪个是昨天站不起来的那只了。父亲说："到底是做母亲的，就是不一样，你妈挺能耐的，很有办法，和往年一样，给那只站不起来的小鹅的腿用绷带捆了捆，小鹅就站起来了。"老公感慨地说："生命真是太神奇了！从蛋到鹅，从站不起来到能跑，只是不多日的光景！当然，这也离不开咱妈的呵护和爱啊！"

　　是啊！生命是那么神奇和有力量！

　　如果没有外力因素破坏，小草总是会向上生长的；在夏季，如果洼地里总是存着一些雨水，蚊子就会滋生出来。大自然里，具备了生命存活的条件，动植物都会不断地生长、繁殖；种

子发芽、破土；动物孕育分娩、产出幼崽……生命里蕴藏着神奇而神圣的力量！

生命内在的力量，可以改变自己，也可以改变世界。种子因发芽而变成一棵参天大树，种子因成长为大树，而为世界增添了色彩和能量，这是一个不断改变自己的成长过程。大树结出果实和种子，生命得以延续和发展！大自然充满着力量和生机！

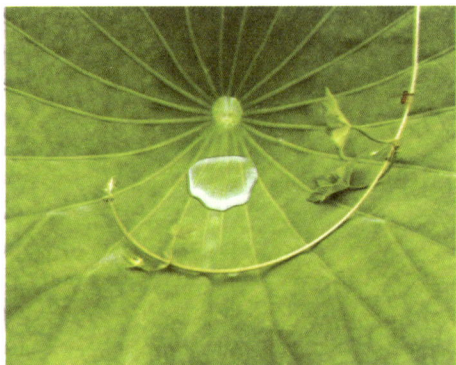

手指割破了，医生能起的作用是消毒、缝合及专业指导，而受伤的手指是自行愈合的。生命不仅有强大的生长的力量，同时也具有惊人的自我疗愈的体系和能力。相信生命的内在复原力，您会发现很多奇迹！生命充满着智慧！

症状也是有力量的，那是生命的另一种状态。很多病人因症状而改变了自己，也改变了周围的人。比如：一位45岁的男士患了高血压，他开始戒烟忌酒，注意清淡饮食和适当运动，家里人也开始关心他，不给他额外的压力，家庭关系有了明显的变化，家庭氛围也变得更加融洽。有时候，症状是很有用的，甚至是一种资源。

如果生命受到了约束和限制，则失去了活力及自由，甚至失去了活下去的理由。但是，只要有一分可以活下去的希望，生命就会顽强地生长下去，比如岩石上的可怜松，默默地向世界展现着生命的顽强和韧性。那些在贫瘠环境中生存的动植物常常令我感动！我为它们感到骄傲，并在不知不觉中油然而生崇敬之意。生命有一种内在的精神力量！

所以，师者当充分开发生命内在的力量，给生命以尊重、鼓励，让生命感受到本身的力量而不断向上！医者当顺应生命的规律，提供指导、陪伴、安慰和帮助，帮助病人找到自己的内在资源。生命有其自我修复的能力！

不同的个体有各异的生命力量，同一个体的不同生长阶段，力量也是不一样的。处在不同的生命阶段，对于生命的认识和理解也有不同。俗话说：盛年不重来，一日难再晨。年龄越大越懂得：珍惜每一天，活好每一个当下。

家庭也是有生命的，集体也是有生命的；社会、国家，乃至地球，都是有生命的。那么，把我们自己的生命活好，我们的家庭就会充满活力，集体就会充满力量，社会、国家及地球都会更加生机勃勃！

生命充满了力量，也充满着智慧。而这一切，都源于爱！

3

妈妈的咒语

在从北京开会回来的高铁上，后座的妈妈不停地指责大约四五岁的女儿："别乱动，听着没？""再乱动，警察就会把你抓起来了啊！"女孩儿怯生生地问："警察在哪呢？妈妈。"妈妈大声说："那边穿制服的就是呗！"

…………

女孩儿不小心撞到了折叠桌，哭泣，妈妈怒斥："你看看，你看看，就是不听话，没有一会儿老实的时候！到底撞上了吧！"坐在妈妈旁边的一位年龄稍大一点儿的阿姨，似乎与她们认识，连忙说："快让妈妈打一下这个桌子，真是的，看给宝贝撞疼了吧？"……

听到这些，我心里泛起一阵阵的感慨：这样的场景真是太普遍了！但是，大人们这样处理事情，对孩子的教育有多大的影响很多人并不清楚！桌子并没有做什么，桌子没有犯错，为什么要打一下桌子呢？这会不会促使孩子将来在很多事情上无法正确判断和对待？也会因一些本该由自己承担和负责的事情而去错怪别人呢？好多大人真的是太不懂得如何教育和陪伴孩子的成长了！我们说，每一个孩子出生时都是好孩子，但是每个孩子因为成长的环境不同，经受的教育不同，长大后所呈现出的状态也有不同。很多没有受到良好家庭教育的年轻人会呈现出各种各样的问题，甚至是症状。

看着这个在车上不断地被母亲批评指责甚至有点被母亲欺骗的女孩儿，我有些担心，猜想或许她还将会处在一个不利于她成长的教育环境，如果她的妈妈不改变的话。不知道在女孩儿整个的成长过程中会经历怎样的心路过程？会怎样去看待这个世界？怎样体会亲情？会有怎样的人生观和价值观？

很多妈妈因为自己不知道该如何处理带小孩时的一些突发事情，或是因为自己不知道该怎样陪伴孩子才会愉快轻松，而不断地用要求和指责孩子的方式来排解自己的焦虑。其实，这对孩子的成长往往是不利的，这就是人们常说的"有条件的爱"，换句话说：是因为你（孩子）听话妈妈才爱你，而不是爱你（孩子）这个人！在这样环境下长大的孩子会有很多的讨好行为，而讨好行为的背后隐藏着很多的愤怒和自卑。当愤怒不可节制、自卑无法纠正的时候，常常会以症状的方式表达出来，潜意识往往会朝着妈妈的咒语方向发展！那是多么令人感到糟糕和无奈的事情啊！

很多家长精心培育自己的孩子，尽心尽力，却弄不明白为什么到头来事与愿违！其实，也许是因为力气"使反了"！或者因为方法不对，或错误地使用了一些语言，这些语言就像妈妈的咒语，是很可怕的！请不要轻易跟孩子说这样的话："再乱动，警察就会把你抓起来了啊！""再闹，狼就会来把你叼走！""简直笨死了！"等等。请关照孩子当下的"疼"，让孩子知道你"心疼"她的"疼"，然后问孩子她为什么疼？告诉她怎样做可以避免撞到桌子上，等等。

假如有奇迹发生，假如许愿会有作用的话，我会不遗余力地许个愿：让所有父母亲都能够学会如何成为好爸爸好妈妈！如果每一位父母都愿意认真学习做父母的话，那么一段时间后，整个家庭，整个社会，甚至全人类将会有翻天覆地的变化。

4

谁吃饭？

　　下班晚了，我和老公到餐馆吃面，已经过了吃饭的点，餐馆里顾客不多。我们边等边聊，几句话的工夫，我俩被不远处的声音吸引，转过头看，见一位年轻的妈妈在打一个小男孩，边打边说："太不听话了！吃点东西真费劲！"男孩挣扎着和妈妈说："我吃不下了！"脸上一副非常无奈的表情，而与此同时，看得出妈妈也很无奈和无助。

　　这时，一位年龄稍大点的服务员走了过去，问男孩几岁了。男孩仍紧张而又无奈地看着妈妈，这时妈妈脸上的表情逐渐平缓了些，说："阿姨问你话呢！"男孩稍低着头，抬眼看了一下服务员，小声说："5岁了。"然后去摆弄他手里的滑板车。服务员说："现在的孩子啥也不缺，却有很多孩子长得瘦，不爱吃饭，也不知道是因为啥！"妈妈说："是啊！这孩子一到吃饭时就不好好吃，真是愁人！你说将来没个好身体可怎么行啊？"服务员说："是啊！"妈妈对男孩说："你听到没？再吃一口。"妈妈伸过去一个盛了饭的汤匙喂给儿子，男孩不情愿地张口接纳了这匙饭，妈妈紧接着又伸过去一汤匙说："再吃一口。"男孩摇摇头说："吃不下了。"服务员问男孩："你爱吃什么？"男孩没有说话，妈妈说："也不知道他到底爱吃啥，每次饭前问他想吃啥他还能说出来，可一到饭店吃上一口，就不吃了。"服务员说："你们都在饭店吃吗？"妈妈说："他爸爸工作在外地，经常不在家，我不会做饭，但怕他营养不够，我们娘俩就常在饭店吃，或者到超市买点面包牛奶……"

　　过了一会儿，男孩骑着滑板车来到门口，脸上的无奈没有了，露出了些许笑容。这时听到妈妈喊："小心点，别滑倒了！"娘俩先后走出了饭店的门。

很多家长为孩子不爱吃饭而烦恼。有的家长带孩子去体检，没发现什么生理上的毛病；有的家长给孩子补充各种微量元素和营养素；还有的家长，抱着"吃总比不吃强"的想法，孩子爱吃什么就随便吃，哪怕是小食品或方便面；有的家长追在孩子身后喂饭；也有的家长和孩子讲条件：你把东西吃了，妈妈给你买……却很少有人去思考孩子没病为什么不爱吃饭。

一个小孩子，是什么让他没了吃饭的欲望？5岁的孩子，他最希望的生活是什么样的？我曾经问过很多小学低年级以下的孩子这个问题，他们的回答大致相同：我最希望爸爸妈妈和我在一起，他们能陪我玩。这男孩的爸爸不常在家，妈妈一个人带孩子会有很多的辛苦，生活中会有些压力，心情可能不如丈夫在家时放松和开心，妈妈不开心，孩子也很难开心。妈妈不会做饭带起孩子来就会更困难些。另外，孩子越是不爱吃饭，妈妈越是想让孩子多吃些，否则会觉得自己失职，结果形成了恶性循环。其实，孩子吃什么吃多少不能完全按照大人的标准来定；否则，他在完成任务，会少了吃饭的享受。若再加上大人用很不舒服的方式欺骗和强制孩子吃饭，孩子可能会间接地讨厌吃饭；也有的孩子形成了条件反射：吃饭，那是妈妈的事，与我无关！还有一种可能，孩子在用不爱吃饭的方式表达（自己及妈妈）对爸爸的想念。

很多时候，大人们认为孩子不爱吃饭是孩子的问题，其实，有时是我们大人没做好。假如男孩妈妈能学习做饭，带孩子一起去买菜，回家高高兴兴地制作美食，生活变得和丈夫在家一样有乐趣，也许孩子会更愿意吃饭。作为父

母，要尽力为孩子提供好的成长环境。就吃饭这件事，父母应想办法让孩子感到吃饭是一件享受、有趣的好事情，大人要调整好自己的情绪，营造好的氛围。

谁该为吃饭负责？就像谁该为呼吸负责一样，谁吃饭谁负责！让孩子学会自己吃饭，而不是喂饭或强制吃饭。吃饭也要有规则，该吃饭的时候吃饭，不该吃饭的时候尽量不要随意满足孩子，这样孩子才能珍惜和重视每顿饭。榜样也是很重要的，如果大人每顿饭都能吃得很香甜，我想孩子也会喜欢上美食。

5

记住，你是你父母的孩子

很多人会抱怨自己的父母！
甚至抱怨了很多年，
抱怨的作用是什么呢？
如果你不抱怨，你能做些什么？

每个人都只有一个父亲、一个母亲，
每一位父亲或母亲都不想被自己的子女抱怨，
他们都已经在他们有限的能力里尽了力！
假如你停止了抱怨，会有什么不一样？

没有谁能选择自己的父母是谁!

因为父母,才有了你。

如果,你还愿意活在这个世界上,请感谢你的父母!

因为他们给了你生命。

每个人的父母都是最好的,因为无法更换。

即便你的父母不能给你很多,但给了别人无法给你的珍贵礼物——生命!

如果你没有生命,那么你连抱怨的机会都没有,更别说是资格!

无论你是如何的优秀及卓越,别忘了,你是你父母的孩子!

如果你认为自己是一个优秀得超越了父母的人,请至少像父母能做到的孝道那样去孝敬你的父母。

如果你觉得你的父母不够好,请按照你内心里好的父母的样子,去做好你的孩子的父亲或母亲。

当觉得我们的父母对自己不好时,我们就会对他们的孩子(自己)不好。

如果你想对自己好一点,请对自己的父母好一点!

如果你想做一个孝顺的子女,请对自己好一点!

因为你好是父母最大的心愿。

只有你有能力爱好了自己,才有能力爱别人,爱父母!

爱自己最好的方式,就是让自己越来越优秀!

请记住,你是你父母的孩子。

6

花开的季节

今年春节，很高兴邀请到婆婆来我们家过年，她年纪大了，很少出门，又打怵长途车程，一晃也有几年没有来我们家了。一进门，她看见我养的花就问："这些是真花吗？"婆婆看着我家里的花，似乎感觉很惊讶！"你现在这么忙累，怎么还能把花养得这么好？"听婆婆这么说，我也稍稍端详了一下屋子里的花草，翠绿的白掌正挺着秀美的花枝，宛如正在起航的白帆；宽厚的芦荟正昂扬着健壮的花条，含苞欲放的花骨朵晶莹剔透，透着嫩嫩的黄，让人期待想去欣赏她不凡而又谦虚的花之风采；高雅脱俗的美丽竹芋，色彩鲜艳的叶子本已美丽如花，偏偏又开出别致而典雅的淡绿的花……似乎每一株都十分懂得装扮自己，向世界展示自己的美丽风采！看着看着，还真找到了一种赏心悦目的感觉！

说起养花，还是自小受母亲影响，她虽很忙累，却养得一些好花，从母亲侍弄花草的用心，不难看出母亲温柔细致的品质，以及母亲对生命及生活的热爱！小时候我也常常痴迷于花的美丽，不但经常观察自家的花，还常到同学家去看花，如若路过谁家院子里有漂亮的花，也一定驻足观看和欣赏。我的心里常常装满了美丽盛开的鲜花！长大成家后，无论住在哪里，花儿成了我屋子里必备的物品。可以说，我的生活里没有离开过这些有着生命活力的魅力之花！

花虽好看，但并不好养。养花，要注意温度、湿度、光照、通风、换土、施肥及防治病虫害，等等。去年母亲来我家，特别喜欢我的美丽竹芋，带回两盆，结果现在只剩下了一盆，状况也不是很好。因为母亲太爱它们了，所以给了很多的水分、肥料，结果花儿并不能健康地生长。人，往往因为太爱而变得不理性！养花也要尊重花的习性及花的需求，不同品种的花，给予的成长条件和环境是不一样的；即便是同一品种的花，不同的株也不同，甚至同一株的不同成长阶段的对待方式也有不同的要求。

如同抚养孩子一样，园丁要培养花株自己吸收营养及适应环境改变的能力。要让花经历可耐受的旱和涝，这样有助于长根。只有根长好了，才能长好枝叶，在此之上，才能开花、结

果。如果花株完全依赖于人工的照顾，则失去了存活的能力，稍有照顾不周，就会生疾枯萎！婆婆总养不活花，之所以养花不活，不仅仅因为她常常给花浇水，以至于花株长时间处于涝的状态，而且她还总是把花放在角落里，以不妨碍房间的整洁。换句话说，是以婆婆的意愿来养花，而不是以花的需要来照料和培育。

我养花也要学习，了解不同植株的特点，然后去琢磨，很多时候我觉得我和花草就像朋友，是有感情的，出差离家时间长，

　　我会惦记，看到花草因为缺水而没精打采，我会感到心疼和抱歉，我也会对它们说"对不起!"当看到它们长得很漂亮时，我也会以欣赏的眼光微笑地看着它们，就像对待我的孩子或我的来访者。母亲常问我："你几天给美丽竹芋浇一次水?"我看着养了几十年花的母亲，一下子不知道说什么好，因为对待花儿要看具体情况，绝不是机械的，要根据天气、季节、花株的状况而定，有时候那叫作经验，有时候那叫作直觉，甚至是一种人和花的默契和合作。

　　花开的季节，离不开辛勤的耕耘和用心的培育!想到这里，我笑了!生活亦是如此，育儿如养花，不能按照我们的意愿去改变孩子，要尊重和接纳孩子的天赋，努力耕耘，用心培育，孩子定会如花株适时花开，那是属于孩子自己的花，无论是什么颜色什么样式。期待他的绽放，等着欣赏他的绚丽吧!也许我们已开过人生之花，面对我们的园丁、我们的父母，我们也许应该展现我们的绚丽，给老人一种赏心悦目的感受。携一颗感恩的心，陪伴老人安度晚年，其实陪伴老人慢慢变老的过程也是我们学习的过程。父母永远都在为子女打前站啊!

　　花开一季，成长一生!

7

良好家庭教育的实质是父母的成长

在我的临床工作中，有很多家庭，因为孩子不听话，或不上学，或有网瘾，或考试焦虑，或无法与父母沟通，或常常和老师同学闹矛盾，等等，而来我们医院心理科做咨询和治疗，这些问题弄得孩子大人都不开心，这就涉及家庭教育的话题。而在我回答家长的问题时，我也有一个感受：很多家长真的很用心在琢磨如何能教育好孩子，但苦于不知道从哪里能学习到科学教育的方法，尤其是关于孩子心理发育这一方面的相关知识。就此，我们简单地来聊一聊家庭教育这个话题。

我们教育孩子的目的是什么？

我们教育孩子的目的是成"人"，成为一个独立的人，成为一个独立的优秀的他自己。那么，成"人"的概念包括两个方面的内容：一是将来能对社会做出贡献，实现自己的人生价值；二是在此基础上，能够获得个人生活的幸福。

这需要什么呢？需要能力，需要各种各样的能力，比如：生活自理的能力，与人交往的能力，自我管理的能力，学习能力，解决问题的能力，创新能力，适应能力，甚至是自我保护和自救的能力，等等。

这些能力是灵活地相互作用和整合的。所以，是把这个人培养好了，而不仅仅是学习好，不仅仅是掌握了什么技能而已。因此，我们说培养孩子成为"人"，是一种人格教育，就像古话说的：教育孩子先做人，后做学问。人格的完善与否表现在一个人的外显行为和做事的态度上。

在这一点上，现在很多孩子还是存在一些问题的，也说明很多家长还不懂得或是不完全懂得家庭教育。2015年5月，手心网的一份调查报告显示：小学生的行为问题排在前三位的是磨蹭、撒谎、马虎。从这些真实的数据可以看到，这些行为的背后，是孩子能力的不足，这里有自我管理能力的不足，也有为自己行为负责的能力不足，等等。那么作为父母我们怎么做会更好呢？

我们先来看一看，要让孩子成为一个合格的人，需要哪些条件？我们都知道有一句话叫：十年树木，百年树人。树木要成材，需要空气、阳光、水分、土壤、空间，还有园丁（园丁要有爱心、要有责任感，还要有能力，至少要懂得如何培育苗圃）。

那么，孩子要成才需要什么呢？第一是要有丰富的营养（物质和精神的营养）；第二要有良好的环境（家庭环境、学校环境、社会环境）；第三要有足够的空间（如果孩子什么都被约束，那他就长不成独立的自信的自己的样了）；第四点，也要有园丁（同样要有爱心、要有责任感，还要有能力，要懂得如何陪伴和教育孩子）。园丁原来指的是老师，但别忘了，父母是孩子的第一任老师，而且应是孩子一生的良师益友。

这也就恰恰说明了下面这个问题：为什么同样在一座城市、一所学校，甚至是一个班级的孩子，会有非常大的差别。周一到周五，早八到晚五，白天孩子在学校，放学后回家。在学校是相同的，不同的是在家里。

假设晚上10点睡觉，那么理论上，大约每天晚上有5个小时的时间，早上

约有1个小时的时间，还有周六周日的时间，孩子是和父母在一起的。在这些时间里，父母是怎样的状态，都在做些什么，又是怎么和孩子互动的，这些对孩子的影响是非常大的。父母能不能做到自己的事情自己做？能不能做到彼此好好说话？父母是否能不断地进行学习？是否能把每件事都认真地做好了？

家庭里父母的行为榜样、家庭氛围、教养方式、家庭关系以及爱的能力都会对孩子的教育和成长有非常大的影响。教育和培养孩子，绝不是周末带孩子去补补课、给孩子安排好一些任务那么简单。说到这里，可能有的朋友会说，其实，带孩子去补课也不那么简单、轻松的。孩子并不能很主动地完成这些安排。是啊，这可能是因为一些家长没有掌握家庭教育的基本原则。那么，家庭教育主要应该注重哪些方面呢？

主要注重三个方面：爱，榜样，规则。就这么五个字。说简单，非常简单，很多家长就是掌握了这三个原则，就培养了健康优秀的孩子，这是我亲眼看到的，也是我的切身体会。但是说难，也很难，因为对于很多家长来说，比照这三个原则，要做出很大的改变，比如：不能再睡懒觉了、不能随便上网打游戏了，要做出榜样，要遵守规则，这对于很多家长来说，还是有些困难的。

我们先说爱：现在多数孩子不缺爱，但也可以说大部分都缺少爱。为何这么说呢？因为现在的孩子，要么是被溺爱，要么是缺少甚至没有父母的爱（比如说父母离异，孩子往往会相对缺少父亲一方或母亲一方的爱，或者父母没有离异，但都很忙，孩子多由爷爷、奶奶或姥姥、姥爷来带，而得不到恰当的

爱）。还有一部分孩子虽然和父母在一起，但能从父母那里得到的多是有条件的爱，比如：有的家长会说，你考了多少多少分，爸爸妈妈就带你去公园玩。像这样的讲条件的话语，我们家长可能并不陌生吧。

我们需要给孩子恰当的爱。打个比方：如果把爱比作滋养作物的河水的话，那么，当河水溢满河床的时候，河水泛滥，河岸周围的作物被淹没，而无法健康存活，即所谓"涝"；当河水干涸时，作物因为缺少水的供给而枯萎，即所谓"旱"；当河水在河床里始终能保持上下一定幅度，既不溢出也不干涸，则作物就一直能被滋养着而健康生长，这便是恰到好处的爱！所以，爱，多了和少了都不行，要给孩子恰当的爱。给孩子恰当的爱，我们需要知道以下四条：

第一条，爱，要在一个频道上。我们给孩子爱，要看孩子需要什么样的爱，而不是一味地以我们的方式给予。就比如给亲人送礼物，最好的礼物是对方喜欢什么，而不是我们喜欢什么。所以，要给孩子恰当的爱，父母要和孩子在一个频道上，要知道孩子需要的爱是什么，这就需要我们和孩子多沟通。

第二条，恰当的爱要有理性。父母爱孩子不是人类独有的能力，是生物界都有的，尤其是动物界。但人类世界和动物界最大的不同是什么？是理性。理性，就是不能冲动，不能感情用事。理性，就要考虑结果，要有对和错。这就是我们教育孩子的一个难点。在有些时候，这个尺度是很难把握的，比如：到底让孩子吃多少苦是合适的？少了，会偏向溺爱；多了又会心疼，甚至会造成伤害。所以，这时候，恰当的爱要结合规则来衡量和给予。

第三条，父母要有爱的能力。我们说所有的父母都是爱孩子的，但很多孩

子却感受不到父母的爱。这除了爱不在一个频道之外，还因为很多父母不会正确地爱孩子或者说缺少爱的能力。那么，要怎样爱孩子呢？当父母用温暖的、慈祥的、关爱的、微笑的眼神来看孩子的时候，孩子就会觉得我是被喜爱的，我是被接纳的和被欣赏的，孩子就会越来越自信，越来越有力量。父母用什么眼神看孩子，孩子就会看到自己是什么样的，通过父母的态度，形成了孩子内在对自己的评价。所以，对于父母来说，给孩子恰当的爱的一门非常重要的功课，就是练习看孩子的眼神。父母就是孩子的镜子。孩子是通过父母认识世界的，也是通过父母认识自己的。

第四条，恰当的爱是什么样的呢？这里简单说三点：

第一点，恰当的爱是一种单向的爱。我们给孩子的爱，不要有所求，不要求有所回报，当父母跟孩子说："我这么辛苦培养你，你长大了可要报答我呦，你得给我养老。"孩子会有压力。当父母没有所图，真心地为孩子好的时候，其实，孩子也会回馈给你的。

第二点，恰当的爱是一种对称的爱。对称的爱指的是父母双方给孩子的爱

是均等的。有的家庭，而且大多数的家庭，父亲在外面忙，父亲给予孩子的爱没有母亲给予孩子的爱多，这种不均等的爱，也不是恰当的爱。

第三点，恰当的爱是无条件的爱。我爱你就是因为你是我的孩子，不是因为你是三好学生。父母可以不爱孩子不好的行为，但依然要爱孩子这个人本身。这样，孩子才会逐渐改掉缺点，而不会自卑。所以，恰当的爱，给予孩子的力量是强大的，会让孩子有信心去做他自己。

家庭教育的第二个原则是榜样：要求孩子做的事，父母有没有做到？孩子往往不去听父母说了什么，而是看父母做了什么。我曾经见过一个3岁的小男孩，那么小就能说一口地道的方言，您能不能想象到?小男孩还穿着开裆裤却说着地道的方言，这让我看到了父母耳濡目染的力量真是太大了！

所以说，要想教育好孩子，先要做好榜样。有的家长教育孩子不要说谎，而自己的领导来了电话要他加班，他当着孩子的面说："孩子病了，领导。"这时候孩子会怎么想？有的家长教育孩子要讲卫生，而他自己却随处扔垃圾，孩子以后会怎么做？——也会随处扔垃圾。有的家长教育孩子要勤奋，而他自己却常常睡懒觉，这样的孩子能不能勤奋起来呀？难！有的家长告诉孩子要注意安全，走人行道，而他自己却经常闯红灯、不走斑马线。如此等等。

父母的这些行为，孩子都看在眼里，记在心里，也会模仿，从而在孩子的行为里呈现出来，这时候，家长再去管孩子和要求孩子，能管得了吗？小时候还行，大了就不服管了，但是这时候，大人往往会说孩子开始逆反了，其实不尽然。所以，在孩子出了问题的时候，我建议大人们要首先反思一下自己。

家庭教育的第三个原则是规则，这里也主要讲四点：

第一点，规则是必需的。因为守规则是一个人能够适应社会的前提。学校是讲规则的，如果在家里不守规则，就不会很好地遵守学校的规则，将来就可能很难自觉地遵守社会的规则。遵守规则其实也是一种能力，没有这种能力的人，就会出现问题，比如罪犯。所以，教会孩子遵守规则也是对孩子的爱。

第二点，规则怎么制定，要和孩子一起来讨论和决定。有些家庭的规则都是由爸爸或妈妈来制定的，要求孩子来执行，孩子会有被迫感，这种被迫感会让孩子丧失主动性。

第三点，规则怎么来执行，父母要和孩子一起守规则。这里给大家讲一个故事。有一个家庭，儿子刚上小学一年级。大约一周前全家三口人共同商定了

一个规则：每天晚上，全家人只上网一个小时。前四天，三口人执行得都很好。前天晚上，妈妈上夜班了，父子俩在家，很快，一个小时上网时间就过去了，可是爸爸正看一个电影还没结束，就告诉儿子：今晚咱们多看半小时，儿子当然高兴了。结果，昨天晚上，超过了上网的时间，妈妈说，该下网了，那父子俩谁也没动弹。之后，夫妻俩因此大吵了一架。我们会看到当父亲没有遵守规则的时候，夫妻俩就吵架了，不仅没有起到榜样的作用，又破坏了规则，还搞砸了家庭氛围，这些对孩子的影响都是很大的，而且是潜移默化的。

第四点，规则也是变化的，在执行规则的过程中，如果有不合适，可以适当地进行修正和调整，这同样要和孩子讨论和商定。

基于以上三个原则，要教育好孩子，父母要不断地觉察和反思自己的言行是不是对孩子的成长造成了影响。作为父母，要不断地修行自己，并不断地学习，学习如何做父母，学习如何给到孩子恰到好处的规则和爱，如何与孩子进行交流，等等。父母不能把自己的意愿强加给孩子，要培养孩子独立自主的能力，使孩子成为他自己。父母也要做好榜样，做好自己。所以，良好的家庭教育的过程其实是父母成长的过程。因此我们得出一个结论：家庭教育的一个最重要的理念是父母要和孩子一起成长。

8

你知道你在干什么吗?

在微信里，有的人在转发一些类似"宝宝误将洋葱当苹果含泪坚持啃完，人生好艰难啊！"或一个不满周岁的小婴儿被大人特意拿一些吓人的玩具吓哭，或者是大人拿着银行卡在婴儿的屁股沟内做划卡动作，然后取出事先放在孩子身下的人民币的视频。

做这些事情的当事者，也许是出于好玩，也许并没有意识到这些举止的危害，但绝不是有意为了孩子好！而对于那些拍摄者及上传到网上的人，似乎有点缺德，不知道他们是出于什么样的心理，也许就是为了增加点收视率和点击率?！而更让人费解的是那些转发的人，是出于什么目的呢？好玩？别忘了，任何外显行为都在展现着内在的心理状态和动机！如果视频里的孩子是自己的孩子会怎么样呢？对小孩子来说那都可能是创伤。如果大人多以此取乐，则有

可能是人类的悲哀！

孩子在成长的过程中可能会经历意外的刺激和创伤，在经过大人正确处理后有可能会促进孩子的成长，但如果大人故意而为之，则对孩子的伤害不仅仅在于造成伤害的行为本身，而更在于孩子对大人失去信任！

很多大人不经意的行为可能就会影响到孩子的一生。孩子虽缺乏逻辑思维能力和判断能力，但他有身体感觉。当孩子的身体或精神感受到不舒服的时候，他会觉得这个世界是不友好的、是不安全的，于是孩子会对外界有防御，而变得要么不合群，要么不快乐，甚至敌视这个世界，等等。

心理学上有这样一个共识：受虐者往往会成为施虐者！如果大人以不尊重的方式对待孩子，则孩子会感到低自尊，也会不尊重别人。长此下去，犹如精神的雾霾和病毒在全社会扩散和传播，而这种精神的雾霾和病毒一旦在孩子心灵深处扎根，则更难以治理和修复。

为了更多孩子的健康成长，为了社会更多的稳定与和谐，请停止这些不尊重孩子的行为，不转，不传，不做。

9

少年杀师，谁之过？

　　湖南少年小龙（代名）杀师事件，再一次令无数家长、老师、学生及社会各界人士震惊！孩子成长过程中夭折的风险远远超出我们的想象，一旦发生往往是令人承受不起和无法挽回的！很多家长开始害怕起来！是什么让这个平时性情温和的高三学生有那么大的力量去杀害自己的老师呢？而且杀了老师的小龙根本没有试图逃跑，就坐在被害老师身后的椅子上玩手机，脸上还带着笑容。面对拦着他的母亲，小龙说："我终于自由了。"

　　也许有人会说这是一个幼稚无知的少年；或说小龙没有责任感，不能管理自己的情绪和行为；或说小龙是自私、自我中心的，也会有人说现在孩子的压力太大了……

　　无论是作为心理医生，还是作为家长，看了这则新闻，我的内心也是无限感慨，五味杂陈，也有很多的猜想，因为了解的资料不多，不敢妄加评论，只就网上及新闻的内容，谈一下我的看法。

　　当被问及为何杀老师？小龙说："因为他阻挡我看小说。"不让看小说就杀了老师？这样的回答也许会让很多人觉得小龙就是个疯子！那么小龙到底是不是疯了呢？

　　小龙为看网络小说买了两部手机，为瞒过老师的视线，也是煞费苦心，玩手机玩到按坏了手机键，可见他对小说的需要有多么的强烈！看小说，也许是小龙活着最有乐趣的事，那么，小说就成了他的命根子，谁不让他看他就会急的。

　　显而易见的，小龙的自我管理能力很差，不能对自己的当下和未来负责，

当然，更难以为他人负责。拿他的话说："我的世界就我一个人，看小说，混吃等死。"从没有过诸如考大学、工作、娶妻生子、赡养父母等对未来生活的规划或憧憬。甚至不了解父母的工作、手机号、生日和学历，更不知道父母喜欢什么。可以猜到小龙父母与孩子之间的交流很少，也缺少对孩子责任感及感恩能力的培养。

另外，小龙看网络小说似乎到了成瘾的状态，成瘾意味着那是一种病态。我们知道有毒瘾的人发展到最后六亲不认、情感淡漠甚至人格改变。网瘾也是一样的。事发后，小龙并无悔意，这表明小龙并非一时冲动所为，也显现出他情感的隔离。

还有，小龙能为小说里的人物情节而流泪，却不被身边的事所打动。平时大多时间看小说，与现实脱轨，拿他的话说："从初一开始迷恋网络小说，就像被小说控制了，感觉已经分不清现实与虚幻。"小龙似乎进入到一种恍惚状态，一种被网络小说催眠的状态，就像"走火入魔"，而不能客观地感知和对待身外的一些人和事。"我从来没把他的命放心上。"这是一种什么样的成长环境下产生的情感和思维！就现有资料看，他似乎没有幻觉妄想等精神病性症状。

我很好奇的是，这样一个"瘾君子"，从初一到高三，五年多的时间里，为什么没被发现呢？

我猜，所有的人都太在乎学习，多数的大人不太在乎孩子上上网、看看小说、打打游戏之类，只要孩子的成绩还过得去。

小龙的老师是个很认真的老师，经常分析哪个学生考得不错、哪个学生得加把劲，可以说是一个为学生很上心的老师，但他把更多的精力用在了学生的成绩上，而似乎忽略了学生的心理健康，就像他说："他（小龙）是没认真，认真起来二本没问题。"小龙的父母也是努力地工作养家，大部分的收入都用来供孩子读书，小龙是家族里文化水平最高的，但却很少有人知道他的压力。在看守所里，小龙说："父母问得最多的就是学习，我都躲着走，说什么我就敷衍下。"若孩子是在为大人甚至为家族而学习，而自己的管理能力和责任能力又不能和学习任务相匹配，就会越来越难以负担这个重担，一旦成绩不好，就会有更大的压力。小说可是他缓解焦虑的好东西！当孩子与"尖子生"挂上钩之后，一方面是有压力，另一方面也会遮掩一些不良的行为，加上他的聪明，瞒过大人的眼睛也更容易些。即便是父母知道了或许也不知道该如何管教。拿小龙父亲的话说："不知道怎么教孩子才是教得好。"

小龙的同学说："小龙平时说话就像玄幻、武侠小说的台词一样，经常听不懂。"就在案发的前几分钟，小龙走出教室前，笑着对同学们说："我要送给你们一个惊喜！"似乎小龙的同学们都太忙于自己的学习，而对于小龙的言行没有过多理会。

孩子往往因为自我管理不足，而在网络里越陷越深。小龙在不知不觉中从班级的前几名滑到了中等，又因小龙"不起眼、不闹事"而被很多任课老师"没什么印象了"，也许正是因为这个"没印象"而让小龙的行为一直没被发现吧。

这次月考，小龙有两门课分别得了7分和9分。一个尖子班的学生只考了几分，老师很重视，他照惯例取消了小龙的月假，但这恐怕对师生关系有所破坏，之后又叫家长来，这也许是小龙更不能接受的，因为在孩子心里，因犯错被叫家长是一件很丢脸的事。假如老师能和同事们探讨一下小龙怎么了？或者

再仔细观察一下小龙，或者给予小龙不一样的关心，结果可能会不一样。我想，如果老师意识到小龙有网瘾的情况，也许他也不会这样处理。

不管怎么说，悲剧发生了，这是一个事实，那是谁之过呢？

老师辛辛苦苦抓学生的学习，父母望子成龙，都没有错。但是，父母和老师都忽略了小龙的人格发展，忽略了小龙的心理健康。若完全归罪于刚满18岁的小龙似乎又有点不公平。如果说小龙是不懂得教育的人教育的结果，那么，小龙其实也是受害者。

是无知，家长在家庭教育上的无知，老师在学生心理教育上的忽视，以及全社会对孩子学生成绩的极度重视，让更多人对学习成绩之外的事缺少关注。当现代高考制度与在家庭教育上无知的父母相遇时，悲剧就发生了，类似的悲剧还有很多，孩子打父母甚至杀害父母，或离家出走，或惹是生非，或网络成瘾，或赌博，或吸毒，或啃老。很多孩子问题行为的背后其实是家庭系统出了问题，尤其是父母对家庭教育的忽视或无知。

农民种庄稼，如果不懂怎么种却还不学，是没有办法保证收成的，只能听天由命；那么，培育孩子如果不懂得教育，尤其是家庭教育和心理教育，也很难得到一个好的结果。但培养孩子与种庄稼不同的是，若不成才，或许成为祸害！说到这，我想到不懂法的人犯了法也要服刑，那么不懂得教育的人教育出了有问题的孩子，是不是也该服刑呢？然而，谁又来为不懂法或不懂得教育的人负责呢？在既往的教育方式中，是否存在并不为人所知的不恰当的地方呢？有些惩罚是否合理呢？如果说孩子因犯错就不许吃饭是一个不合理惩罚的话，那么，考试成绩不好就不许休月假是否合理呢？

我被一连串的想法牵引着，久久不能平静！这个世界本不完美，很多事的发生都因为"没想到"。小龙老师的死和小龙及家人付出的代价，值得人们思考，家庭教育及心理教育真的很重要，它事关下一代的成长，事关整个国家人民素质的提升，甚至国家的富强、安定及人们的幸福感，等等。

冰冻三尺非一日之寒，水滴石穿非一日之功，小龙杀师也绝非一时冲动！成长需要心灵的滋养，孩子不是学习的机器，对教育无知的父母往往看不到孩子已出现的问题，这些问题其实都在向家长表达着孩子的成长遇到了困难。就像成年人平时血压高而不去重视和管理，在一些诱因下就会突发脑出血而致命一样，不能忽视孩子在成长过程中出现的一些异常现象。有句话说得好：谁忽视孩子，谁就会栽在孩子的手里！

小龙杀师的事实告诉我们，孩子的教育并不简单，在孩子的教育中，家庭教育占到50%，为人父母，最重要的职责就是做父母。孩子无法选择父母是谁，而父母的养育方式却影响了孩子一生。很多农村的父母几近文盲，但其孩子照样很优秀，至少是合格的公民，父母角色做得好不好与文化程度及经济条件不成正比，而与心理健康程度有关，与会不会、学不学有关。不会做父母又不学习如何做父母，最终是害人害己害子害社会！如果家长不能在做父母上下功夫学习，教育不好子女，在某种意义上也是社会的罪人！身边的人，也不要袖手旁观，因为，当社会上不健康的人越来越多的时候，谁又能保证倒霉的人中没有你？

学习成绩很重要，但绝不是最重要的。要因材施教，注重孩子健全人格的培养，尊重和关注每个孩子的内心，培养孩子自我管理、责任感及感恩的心，使之成为独立的、优秀的、有能力获得幸福的人，这才是教育的根本！多和孩子交流，教会孩子正确地面对和释放压力的方法，也要经常和老师沟通，了解孩子在学校的动态，及时发现问题，及时解决。遇到棘手的情况时，也可请教专业人士。祝愿每个家庭的孩子都能健康地成长，拥有幸福的人生！

10

为人父母，您为之如何？

一个忙碌的上午，医者正在咨询室内做咨询。咨询室门外，有一对夫妻在等候区等待做心理治疗。此时，一对母女从走廊的楼梯口径直走到心理咨询室门前，来到咨询室门前并没有停住脚步，而是边敲门边推门走进来，她们好像并没有在意咨询室里那个正在哭泣的来访者，母亲旁若无人地向医生说："给我女儿看看呗！"医生简单地问了两句，礼貌地告诉她大约要等多长时间，并示意她正在接受咨询的人已被她打扰了，她还在说明家离得远，好像应该得到照顾。后来似乎领会了医者坚定的态度，她才带着女儿不情愿地走出了咨询室。几分钟后，她再次推门，欲言，当看到治疗师投入于咨询而丝毫没有想搭理她的样子时，她才退回去关上了门。她这样的行为早已惹怒了等在门外的已经预约下一时间段的夫妻，他们当然没有同意让她们母女俩先看。

终于，轮到她们了。像对待其他每一位第一次来的来访者一样，医者介绍了心理咨询与治疗的基本原则和设置。在初步了解女孩（已上大学）的情况后，医者和母女两人商量是否愿意预约一个时间，但母亲说家住得远，希望今天就能进行咨询，医者粗略地考虑了一下，觉得如果抓紧时间的话，还来得及，就同意了这位母亲的请求。于是，三个人共同商定由医者和女孩单独进行访谈，母亲去交费后在外等候。然而，大约二十分钟后，这位母亲推门进来对医生说："不好意思，突然想起一件事，今天我们先不看了。"医者和女孩都很诧异！医者问："是因为对医生的信任问题或是费用问题吗？""不是。"这位母亲说。"可我们已经进行一半了，她……"医者想了解一下究竟并尽力想让与女孩已经开始了的访谈进行下去，而这位母亲在一连串的"不好意思"声中拉着女孩的手走出了咨询室。医者很沮丧也很无奈。

是啊！每一次心理治疗都相当于或多或少地揭开了来访者心灵的疮疤，医者和这位女孩才刚刚建立了一些关系，了解了她内心的一些苦恼，还没有来得及给予安抚和回应，这对于这个女孩来说是不利的。试想，外科医生刚刚打开患者创面，还没来得及切除肿瘤，患者却被急匆匆的家属带走了，外科医生心里会是怎样的滋味？而那个被切开了创面的患者又该是怎样的感受？只是心理治疗师使用的是不带血的刀，治疗的是来访者的"心痛"而不是"体痛"。心灵的"手术"同样会很疼的，一种情绪正在宣泄，然而却由于突然的打扰戛然而止，对于来访者其实也是一种伤害。医者也感到后悔，假如严格执行了预约和先交费后治疗的原则，也许这个女孩的治疗会得到一定程度的保护。可能也未必，这个母亲貌似自私的、自我为中心的、不懂得尊敬别人、不能够体谅他人的举动，也许是一贯的模式，即使是面对她的女儿，这位母亲也无法改变她的处世哲学。

然而，更让人啼笑皆非的是，约差十分钟到中午十二点的时候，这位母亲带着她的女儿再次来到心理诊室要求继续治疗，并又摆出家远等问题，此时的她仍没有交费。医生本是助人的职业，面对患者急切的需求，医生多能慷慨地伸出援助之手。然而，面对这样的患者，医者首先要学会理性思考，到底怎样做才是真正地有利于来访者的疗愈！严格按照设置来进行助人工作才可能真正帮助到患者。医者告诉她们可以预约下午的一个时间段，母女两人同意了，然而，下午她们没有来。

或许这个母亲没有意识到她的这种一贯行为可能正是造成女儿内心惶恐的主要原因；而这个女孩向来的逆来顺受也许正是她找不准自我而痛苦焦虑的原因之一。然而，生活中像这样的家长有很多，比如，有的家长对孩子说："你他妈的不许骂人！""你把作业给我写了，听见没？"等等。这样的家长不懂得自己的言行会给孩子造成怎样的影响。面对父母，孩子要么认同父母，学着父母的行为去做；要么拒绝父母，从心里讨厌父母，瞧不起他们，逆反，违拗，同时内心多自卑、惶恐、不安，为自己不知道该怎样做，该成为什么样的人而烦恼、矛盾、焦虑；要么因为没有从父母那里得到爱而不懂得如何爱别人，没有爱的情感世界是空荡荡的，没有快乐可言，更何谈生活的动力。而往往这样的父母不能自省，还抱怨孩子不懂事、不听话、不知道进取。有的家长带孩子来心理诊室，理直气壮地对医生说："看看这孩子有什么心理问题？"其实，他们可能并不知道，孩子往往只是窗口，透射出的是家庭的或家长的状态和问题。如果把刚出生的孩子的内心比作一张纯白的纸的话，那么，涂画成什么颜色的作品大多是父母努力的结果。这一点我们从孩子学习语言的过程中不难得出结论：父母耳濡目染的力量是多么巨大！言传身教的作用又是多么重要啊！

这位母亲的做法，可能会令大多数人认为她是不可理喻的。然而，心理医生可能会用不同的视角来理解和看待她的行为，因为假如她没有这些问题，就没有必要到心理门诊来了。也许正是心理医生的接纳和包容，促使她第二天又带着女儿来了。尽管她仍然像前一天一样不断地要求"加塞儿"，但她进步了，她没有走。她的身上也具有所有母亲的伟大，为了孩子，她可以等，从上午九点等到下午三点。

咨询只用了四十分钟，通过和心理医生的互动，母女俩看清了自己的问题所在及产生问题的原因，母亲有了领悟后，感到很难为情！抱歉、自责、激动和感激交织在一起。是啊，谁也不是天生就会当父母，生命本来就是一个不断犯错误并改正错误的过程。然而，正因为不会才需要不断学习。从为人父母之日起，就应该学着和孩子一起成长，因为父母每天都要面对一个不断长大了的新的孩子。另外，对不同年龄阶段的孩子的教育也是不一样的。每位为人父母者都是望子成龙、望女成凤的，都是诚心诚意地爱着他们的孩子的，然而父母们给予孩子爱的方式或途径却不一定是恰当的。错位的爱会使孩子感到迷茫，过分的爱会令孩子感到窒息，不足的爱会让孩子感到饥渴。怎样才能给予孩子恰到好处的爱呢？家长需要学习，需要了解孩子不同年龄阶段的特点，包括生理的和心理的；了解孩子内心的需求是什么；更要检点自己的思想和行为会对孩子有怎样的影响；等等。这样做的意义不仅仅在于使子女及家庭受益，更在于深远的社会意义：家庭是社会的基本单位，是孩子成长的温床，父母的言谈举止、价值观、人格特征和心理健康水平直接影响到孩子能否健康地成长，关系到整个社会及民族的健康发展。

社会是个大舞台，每个人在一生中都扮演着多重角色。面对子女，父母的角色是别人无法替代的；面对子女，您也只是父母，千万不要摆出架子来，否则教育难免会是不成功的。

为人父母，当为所当为，您可要加油啊！

11

闭嘴

高铁上，有些疲惫的我想闭上眼睛休息一会儿，然而，随着脑子里思绪的慢慢平静，不远处母子俩刺耳的对话声清晰地钻进我的耳朵里。

小男孩："……"

妈妈："你把嘴闭上！"妈妈的声音比男孩的声音更大。

小男孩："……"

妈妈："你看周围人谁像你这么不停地说话，快把嘴闭上！！听到没？你再说，等我回家告诉你爸爸，看你爸爸怎么收拾你……"

小男孩："收拾就收拾呗，我不怕……"然后继续说。

对面的一位男士问："真不怕爸爸吗？"男孩没有回答，还在说。

妈妈："其实，他也不怕他爸爸，但我要是发起脾气，他还是怕我的。"

这时候，我已经没有了睡意，回过头看了一下，见一个坐在隔排座位的七八岁戴着眼镜的小男孩，嘴里还在说着些什么，似乎旁若无人，男孩的妈妈正用无奈并带点愤怒的眼神看着儿子。

我把头转了回来，眼睛掠过窗外飞奔的景色，耳朵里还听到"把嘴闭上"的声音，心情却开始不平静起来！很多家长如这位妈妈一样，不知道该如何管理孩子的行为，不知道该如何和孩子说话孩子才会听，不知道面对孩子在公共场所的不适宜行为该如何处理。

这个小男孩为什么不听妈妈的话呢？

当我听到"把嘴闭上"这几个字的时候，心里很不舒服，小男孩妈妈的语音、语速和语调在我的脑子里荡漾许久。我猜想那个小男孩已经听了无数次，

在感受到无数次的不舒服之后，他似乎已经见怪不怪了，已经学会了以自己的方式应对这种不舒服，已经学会了隔离，甚至用不断地说话来对抗妈妈的"管制"，直到妈妈发脾气，他才会"怕"。

这看起来是亲子沟通的问题，而沟通的背后是关系问题，关系的背后却是认知的问题。当大人用命令的口气和孩子说话的时候，"不尊重"展现得淋漓尽致！当大人不能很好地尊重孩子的时候，展现出大人对教育的无知或偏离，展现着教育理念的缺失。当孩子不被尊重的时候，也不会自尊，那么也很难尊重别人，一对相互不尊重的母子怎么能做到很好地沟通呢？显然不能！不能很好地沟通，又何谈教育呢？也许，这位妈妈并不知道，最基本的教育理念之一：要尊重孩子。或者知道，而做不到。

这个男孩在公共场所大声说话，不顾周围人的感受，似乎没有了耻感，当一个人没有了耻感的时候，是很危险的事。他不听母亲话的状态和行为，可能会泛化到与其他人的互动中，就像他妈妈说的：似乎他现在也不怎么怕爸爸的管教。那么，说得严重点，他长大后有可能会为将来的不能遵纪守法而付出被牢教的代价，或者因对社会造成了危害而众叛亲离，或因为低自尊而自我伤害，也说不好。

自尊教育，对于孩子的成长是非常重要的。被尊重，是一个人自我认同的前提，是建立自信心、获得自尊的内在资源，尤其是对于12岁之前的孩子来说尤为重要，因为这个阶段正是通过内在资源和外在环境的互动建立起"自

我"的重要时期。因此，父母给到孩子细微处的尊重，那其实是给到孩子一生受益的最大的内在财富。

给到孩子好的自尊教育，父母首先要学会相互尊重，孩子自然会从父母的言行里逐渐学会尊重和自尊。父母要尊重孩子的想法、行为、情感及兴趣爱好，在法律、社会道德允许的情况下，给到孩子尽可能的允许和尊重。很多家长并没有认识到这一点，比如，有的家长只顾拼命地赚钱，忽视了孩子内在品质的培养。其实，无论给孩子留下多少钱，如果孩子没有了自信心，没有了自尊，也是没有办法活得幸福的。

自尊是一个人人格健康的底子。所以，请不要轻易践踏孩子的尊严。如果您希望您的孩子长大后成为被人尊重的人，请从现在开始尊重他。

当您以尊重的方式和孩子说话的时候，您也一定会品味到被孩子尊重的喜悦！您试下便知。

12

老人家，请把孙辈送回"厂家"

一位60多岁的老妇人，因为失眠多梦伴有情绪不稳一个月，从南方农村老家来到营口女儿这里寻医。她一个多月瘦了近20斤，失眠让她受尽了苦！

原来家里发生了一件事，让她一下子就变得憔悴、心情烦躁和失眠。现在这件事已经解决了，但她的症状却没有改善。其实，这件事情只是一个诱因，并不是造成她症状的根本原因。从谈话中得知，她从小就帮助父母带弟弟妹妹，长大成家后，她生了四个孩子，都是自己带大的，当子女们都成了家有了他们的孩子之后，她又陆续地带了孙辈好几个孩子。到现在已经上了初中的孙辈还由她来带。

她，太累了！从几岁开始就带孩子，一直到60多岁还在带孩子，她说：

给子女带孩子要比给自己带孩子难多了！一是自己的精力不如年轻时充沛了；二来带孙辈更有压力，包括安全问题、教育问题，孩子们之间还经常吵架，她感觉自己力不从心，又担心子女说自己偏心。有时候，还会遭到子女的批评，说自己哪里做得不好，比如，不应该娇惯孩子、管不住孩子看电视，等等。她时常感觉自己有过错！

听到这里时，我开了一句玩笑："老人家，您有没有想过应该把您的孙子、外孙子、外孙女都送回'厂家'？"她紧绷着的有着愁容的脸，一下子绽放开来了！原来她笑起来还是很漂亮的，露出雪白的牙齿。

在一旁的子女们却没有笑，他们分别说："我们以前没有意识到，母亲带孩子原来有这么多的压力，我们回去就把孩子都带回自己家……"

老人失眠的背后绝不仅仅是睡不着觉而已，一般都是有一些心理因素在捣鬼。那件突发的事件，就像压倒骆驼的最后一根稻草，促使她出现了症状。其实，问题已经积累了很多年，她以为这样辛苦帮助子女们带孩子，就可以帮助子女们过上好日子，然而，这样既不利于她自己的心身健康，也不利于老伴的心身健康，更不利于孙辈的养育，隔代教养还是有很多弊端的。

所以，奉劝给子女带孩子的老人们，请把您的孙辈送回"厂家"，让孩子在"原厂"获得亲生父母的养育，这对孩子的健康成长来说是最好的。当然，当子女遇到困难急需要您帮助的时候，您可以伸出您的援助之手，帮上一把。

也奉劝那些把孩子全托在老人那里的为人子女又为人父母者，不要把本属于你的职责（养育自己的孩子）推诿给老人，老人家已经走过了劳碌的年轻岁月，身为他们的子女，怎么忍心使他们晚年还辛劳忙碌呢？子女最大的孝，不是给老人多少钱物，而是能把自己的日子过好，养育好自己的孩子，不让老人操心。

13

成长中的奇葩

他，近40岁，因为躯体症状和失眠，曾到过全国各地多家医院进行多方检查和治疗，未见明显异常和改善，后经神经科专家建议而来心理科就诊。

第一次来诊由父亲陪伴，访谈中得知，这个奔四的男人还没有成家，也没有对象，现在因躯体症状和失眠而不能正常工作。

当父亲起身要去交费的时候，我问了一句："以前也是由父亲交费吗？"这位父亲说："是啊！别说是交个费了，啥都是我去安排！"我说："这次能让您儿子自己去交费吗？"父亲说："也行！"父亲从兜里拿出钱递给儿子，在儿子伸手去接钱的那一刻，我似乎看到了一个不放心的父亲和一个没长大的儿子。当儿子开门将走出房间的瞬间，父亲说："出门直走后左转……"儿子应了一声关上门走了，这时候，父亲连忙对我说："不用我跟着他去？"我说："他以前没有自己去办理过类似的这些事情吗？"父亲说："没有，这是第一次，连他自己的电话费都是我给他交。"我当时无语！

大约一分钟之后，儿子交费回来，把找回来的零钱和票据都交给了父亲。那一刻，仿佛一个刚上学的小学生在向父亲汇报自己完成了一项重要的任务，儿子的脸上露出一丝喜悦，父亲也笑了，说："其实，我也没必要什么都亲自去做……"

临床中让您感到出乎意料的案例还有

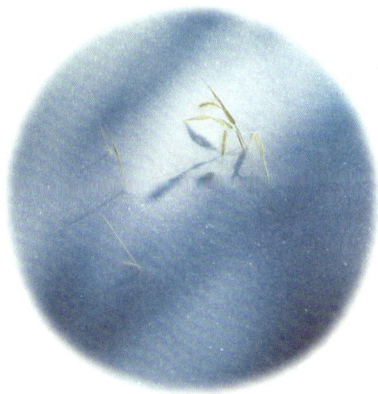

许多，比如：孩子已经上了大学，还不知道父母及所有亲人的岁数和生日；甚至有的高中生不知道自己的父母是做什么工作的，尽管每天都生活在一起；50多岁已经做了姥姥的女人在死了丈夫之后，不知道该怎样生活，因为自己从来没有做过一次饭；35岁已经做了母亲的高学历女士从未去过菜市场买菜；等等。

很多人在成长的过程中"缺课"，而这往往是在其成长的过程中被过度包办代替的结果，既失去了自由成长和锻炼的机会，也为日后在某些诱因下而成为心理疾病的病人埋下了隐患！就前面提到的那位父亲来说，所有的事情都要事必躬亲，作为父亲您想要干什么呢?!

为人父母，可能真的要认真思考如何做才是有利于孩子健康成长的。随着孩子年龄的增长和实际能力的发展，父母的养育方式要有相应的变化，要适时适当地放手。包办代替，不是爱！是剥夺！是捆绑！试想，一个一直被剥夺自我，被捆绑自由的孩子，怎么能成长得好呢？那么，出现各种各样的问题也就可想而知和在所难免了。对子女来说，父母的包办代替，有可能造成其人生的灾难和毁灭！

很多父母养育子女几十年，从未思考过该如何养育子女，甚至当孩子出了问题，也不能有所反思和觉察，只是领着孩子到处看所谓的"病"，即便花光所有积蓄。不懂得教育，有时候，真是太可怕了！

当然，每一个有"症状"的人背后都有其家庭因素使然。但别忘了，每个人都在自己各自的人生轨迹上成长，我们只能在自己的人生轨道上成长属于自己的那部分，既不能被替代也不能代替别人。当某些人尤其是孩子因为某些原因不能在自己的轨道上时，就成长不了了，或许只能成为"病人"！成长，是长出自己的样子，而不是按照别人的意愿来长！成长，不仅仅指的是成年之前的阶段，人生的每一个阶段都需要不断地成长。

人类的成长，是需要不断地实践和学习的，包括人生中的每一个角色。当发现有些情况不对劲时，无论是作为本人，还是作为父母或亲人角色，可能都要反思，或请教周围信得过的人，或向专家咨询，避免在成长的路上走得太偏。

14

"妈妈，你骗人"

世界上比较严重的伤害之一是被欺骗，尤其是被自己的亲爸亲妈欺骗！在生活中的点滴处，很多父母与孩子的互动，都令人很担忧！

"一点都不疼！妈妈不骗你。"在医院化验大厅的采血窗口，一位妈妈拽着一个七八岁男孩的一只胳膊，边说边给男孩挽衣服袖子，男孩的爸爸也在旁边看着。当看见护士阿姨拿起针头时，小男孩挣脱开妈妈的手，跑了，这时候，爸爸妈妈一起撵上男孩，抓他回采血窗口，妈妈边拉扯儿子往回走边说："一点都不疼，你怕什么！"爸爸则气愤地说："看你那没出息的样，哪还像个男子汉?!"孩子的哭喊声更大了！爸爸说："把嘴闭上，不准哭！"妈妈说："谁让你不听话的？病了就得打针，赶紧的……"男孩在爸爸妈妈的强硬下，哭喊着完成了采血。

也许，上述情境很多人都有所见或有所闻。然而，却不知就在这稀疏平常的小事里，我们在孩子的心目中的位置就变了样子，孩子对我们的信任就越来越少了。岂不知，是大人自己把这份信任给弄丢了！

采血，哪有不疼的？却告诉孩子一点都不疼，这明明是在骗孩子嘛！还说妈妈不骗你！这是双重的骗，父母这样的做法，不但会让孩子无法相信父母，而且会对孩子造成很多伤害！孩子或许在那一刻内心感到很混乱，是该相信自己的感觉呢？还是该相信父母所说的呢？这种混乱会让孩子更加慌张！若相信父母，就得否认自己真实的感觉；若相信自己的真实感觉呢，那父母就是在说谎，而这份谎言会让孩子感到更加难过和恐慌！

小孩子本来就害怕疼，再加上大人们明显地在骗自己，孩子会很没有安全感，会非常恐惧！在这个过程里，孩子会特别焦虑和不安，也会心情郁闷或愤怒。然而，对孩子更大的伤害是父母不但不能给予安慰，还欺骗自己而造成的对父母以及对世界的不信任和没有安全感。难怪很多孩子随着年龄的增长而对父母的信任越来越少，也越来越不听从父母的话了！谁会一直听常常骗自己的人的话呢？即便是自己的父母！

那么父母们为什么会骗孩子呢？

不骗孩子父母又该怎么办呢？很多父母之所以骗孩子，一是不知道该如何正确地面对将要出现的局面；二是父母更在意的是赶快解决问题，减轻孩子的症状来缓解大人的焦虑，而没有在意孩子的心理感受；三是父母往往不够尊重孩子。然而这样做的结果是，一方面家长在到底该怎样来和孩子谈生病后要打针吃药的事情上没有充分的思考和学习，这种欺骗孩子的方式会被重复下去；

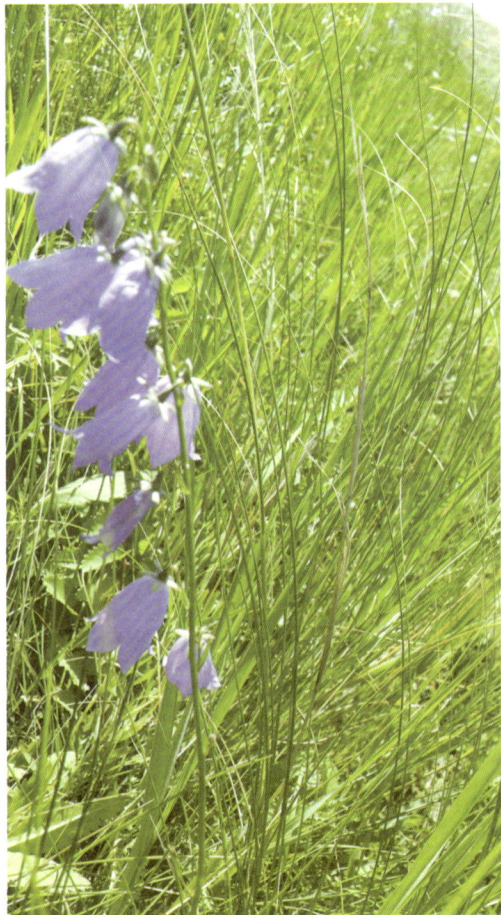

另一方面也造成了孩子心理上的伤害；还有，就是会损坏亲子之间的关系，让孩子越来越不信任自己的父母，从而既不利于父母对孩子的管教，也不利于孩子的健康成长。

那么父母应该怎么做更好呢？

父母不能骗孩子。首先父母得了解一些有关孩子生病的常识，做到心中有数，遇孩子生病而不至于慌乱；其次，要懂得欺骗孩子对孩子造成的伤害是很难弥补的；三要学习如何和孩子沟通关于治疗疾病过程中的一些事情，让孩子也感受到所要经历的诊疗过程的可确定性，增加其安全感。例如：可以对孩子说："人难免会生病，当照顾不好自己的时候，可能会生病，生病时是很难受的，但不治疗会加重。治疗疾病可能就要打针吃药，打针会有一点疼，但一般都能承受，相信你也行，爸爸妈妈都陪着你，咬咬牙就过去了……"孩子在父母的理解中感受到温暖，在父母的陪伴和鼓励下也会有勇气，而更重要的是孩子在这个过程中学会了正确地面对疾病，积极主动治疗，而不是被动逃避。父母的示范，也给了孩子安全感和对医护人员的信任！

孩子最信任的人就是自己的父母，父母怎么能忍心骗孩子呢？这一骗，不仅影响了父母在孩子心目中的形象、破坏了亲子关系，也错失了教育孩子诚实做人和敢于面对困难的机会，弄不好还会留下孩子不敢上医院就医的后遗症，甚至可能教会孩子撒谎！所以，在生活的点滴处，在和孩子相处的每一个瞬间，父母要不断地觉察自己，学习如何恰当地与孩子互动，学会好好和孩子说话。父母的真诚和鼓励，会让孩子越来越勇敢、越来越自信，也会让孩子对父母越来越充满信任和尊重。

人生感悟篇

● 面对偌大的宇宙，我们每一个人都是那么渺小、那么短暂，如果能够给我们身边每一个需要我们的人带来一份哪怕是小小的温暖和快乐，也在证明着生命中每时每秒的价值和意义。

● 用心去听，也许你会听到以前没有听到过的声音，也许是大自然中一直存在却又被我们忽视的声音，也许是内心里从来不被我们自己注意的心灵的声音，也许会有新的感受，也许你会很享受听的过程，也许，你的生活、你的世界会发生无法想象的变化！

● 懂得，是一种亲密关系的表现，是一种高品质的爱的表现，是一种接纳，也是一种给予。在一种懂得的关系里，个体会觉得更加自由，有被支持的感觉，不会感到孤单，甚至对方成了自己的一部分。

● 美，或许就在得到与得不到之间。很多人或许有这样的经历，在与自己的目标有一段距离时，我们废寝忘食、全力以赴、义无反顾、为之奋斗。但达到目标后，恐怕所有的劲头都消失殆尽，这时，或许会发现，原来隔着距离时是一种弥足珍贵的美。

1

你不安好，我与谁老？

早晨起来，电话铃声想起，很意外的是"0412"开头……我脑子里一下子闪出一个信号：一定是重要的事情！我赶紧放下手里的毛巾，郑重其事地接听："……这么早给你打电话……××的丈夫昨天去世了！……"

怎么可能？这是我的第一反应！半年之前，我还见到他们，完全想不到！无法相信和接受！！

然而，事实就是事实。来电话的是我的高中同学，我的闺密之一，××是我们另外一个要好的高中同学。我怔住了！

突然想起，一周前无意间看到××的微博上有这么一条："你不安好，我与谁老？"当时只是略微觉得奇怪，并没有想太多，也就没有太在意！唉！

痛！……痛！……

你不安好，我与谁老？恩爱夫妻，玫瑰婚，相携相伴的人生伴侣，好似一个整体，一方离世，另一方如何安好？我不知道假如这样的事情现在真的发生在我身上，我会是什么样？也许我会拿一切来换取他的安好！哪怕仅仅是他的存活！昨天之前的××也许就是这么想的。

你不安好，我与谁老？然而，很多夫妻并没有珍惜彼此，没有珍惜彼此的安好，没有珍惜彼此的朝夕相伴，或者，要么是抱怨、猜疑、争吵，要么是冷言冷语、怒颜以对，要么是彼此攻击，甚至是大打出手。

还有一些人，精力都用在了各种应酬交际及工作事业上，或者是用来独自享受自己的兴趣爱好上，等等。然而，却忽略了另一半的感受和状况，敢问，他/她不安好，你怎会好？

心底那份沉重，也许不仅仅是因此而痛，也许还有对人生的另一种感受：逾不惑之年，临人生之初秋！

置身于人生之初秋，在不断拼搏，完善自我、实现自我的同时，要学会享受人生初秋的季节：宁静而美好！注重保护自己的心身，同时注重人生的另一半的心身健康，人生才算圆满！

也许，事业成功不是最幸福的事；也许，和自己爱的人，和亲密的伴侣一起，在彼此暖暖的充满爱意的目光里慢慢变老，才是最幸福的事！

珍惜身边所有值得珍惜的人，爱好心中所有值得爱的亲人和朋友！

祝你们一切安好！

2

人生最大的需要是被需要

今天上午最后一个治疗结束时，我突然有了这个想法：这一期的院报上我要写的文章的名字就叫作"人生最大的需要是被需要"。

为什么会有这样的想法呢？今天上午最后一个治疗结束时，这个来访者激动地流着泪，边伸出手来要和我握手边说："太感谢你了，大夫，我从2005年开始一直在吃药，一直也没好，今天是我来这里第三次做心理治疗，我就看到了方向，看到自己有救了，你真的就像一面镜子，使我看清了自己和周围的一些事情。太感谢你了！"我说："其实，是你的悟性好，不必谢，这是你自己努力的结果。"他说："还是要感谢您，我太需要像您这样的心理医生了，太需要这样的心理治疗了。"我说："被人需要总是快乐的事，我们的工作对你能够有帮助，我也很高兴！"

工作中经常会有来访者问我："你为什么会有那么大的耐心陪着我？""我真的很难相信像我这样的每次来都痛哭流涕，你会一直给我治疗吗？你不会烦吗？""每一个患者来你这里都是向你倾倒心里的垃圾，你是怎么处理的？"我想，这不仅仅是来访者的问题，也是很多人的问题。其实，我觉得其中有一个很重要的原因：被需要也是我的需要！

记得很小的时候，家附近的大哥哥大姐姐们在院子里面玩"丢沙包"游戏，那时我还不够被邀请和他们一起玩的年龄，就站在旁边看着学着，眼睛紧跟着丢来丢去的沙包，全神贯注，看到精彩的瞬间，我还会拍手跳跃，甚至感到自己的身体也在跟着使劲，仿佛我就在游戏当中，投入得听不见妈妈喊我，直到妈妈走过来拍我的肩我才意识到。而最高兴的事儿是听哥哥姐姐们喊我：

"小妹妹，帮我们捡一下沙包，好吗？"我就像领了令牌一样，飞快地跑过去，为他们捡起沙包扔回去，觉得自己是那样被他们需要，是那么满足！那么开心！

　　读大学的时候，经常参加排球比赛训练，那时候经常会有一位退休的老人坐在排球训练场的旁边，也会找机会给我们捡球，很多同学刚开始不好意思让他去捡球，可是慢慢地发现，他很渴望去捡球，每次捡球回来，他也会饶有兴致地像我们一样用双手把球给垫回来或传回来或发球回来，每每那样的时刻，他脸上都洋溢着开心的笑容。后来，在情况允许时我们会时不时故意地把球弄出界外，给他捡球的机会。现在我还记得他当时说的话："看你们打球，我很高兴，就像回到了我年轻的时候；给你们捡球，我更高兴，在那一刻我感觉到了被你们所需要。"

　　被需要是快乐的，尤其是老人。现在生活条件好了，很多儿女为了孝敬老人，很多事都不让老人做，或者因为工作忙而请了保姆，就更不用老人做什么事情了。很多人认为自己的父母辛辛苦苦一辈子了，也该安享晚年了，什么也不要做了。那老人还剩什么了？拿我父亲的一句话说："那不就是只剩吃喝睡了吗？不就是等着死吗？"其实，真正的孝敬不是让老人吃我们想让他们吃的东西，不做我们不想让他们做的事情，而是吃他们想吃的东西，做他们喜欢做的事情，能让老人开心是我们最大的心愿。老年人很担心自己老了，没有用了，所以，能够让老人有被需要的感觉对老年人的心身健康是很有好处的。也许，老年人更能体会：人生最大的需要是被需要。

　　记得每次开车问路时，都会很渴望对方能够给予我指引，当被明确地指引之后，我的内心会油然而生一股由衷的感激之情和一种温暖的感受。在医院工作是要穿着白大衣的，这身白大衣经常会引来不熟悉医院环境的患者或其家属问路，

我每次都会认真而耐心地给予指引，就像给我指引的人那般热情！那种感觉很好，既满足了问路人的需要，也满足了我这个指引者被需要的需要。

面对偌大的宇宙，我们每一个人都是那么渺小、那么短暂，如果能够给我们身边每一个需要我们的人带来一份哪怕是小小的温暖和快乐，也在证明着生命中每时每秒的价值和意义。

我们也要感谢需要我们的人，因为需要我们的人同时也满足了我们的另一种需要，那就是被需要，因为被需要会让我们产生价值感和重要感，而这两种感觉常是我们快乐和幸福的源泉！

3

贫困是一种财富！

　　人类有一样东西，是不能选择的，那就是每个人的出身。社会的高度竞争一定会造成不同程度的贫富不均，这是我们每个人所必须学会接受的。诚然，每个人的成功起点都是不同的，别人拥有的良好环境你没有，别人拥有便利的资源而你却无法享用，你是否会因此而感叹命运的不公呢？

　　每个人都不希望自己的起点比别人低。但是，有时候贫困带来的也许不仅是坏事，它能激发人的奋进之心，磨炼人的成功意志，这是多么好的环境也换不来的。所以，贫困相对富裕来说，也是一种财富！

　　有些人，尤其是一些年轻人，抱怨自己出身贫寒，抱怨自己的父母没有给到自己丰富的物质条件。然而，每一位父母都是在其现有条件下尽了力，给了他们所能给的最好的东西。有些父母给了孩子富裕，就给不了孩子贫困；有些父母给了孩子贫困，就给不了孩子富裕。无论是富裕还是贫困，都是父母给予

我们的礼物。富裕和贫困从某种意义上来讲不具有可比性。就像白和黑，谁又会说白和黑到底哪一个更好？就像女人和男人，哪一个更好？如果这个世界上没有了黑，也就无所谓白；假如世界上没有了男人，也就没有了女人；同样，假如没有了贫困，也就没有了富裕！贫困可以造就人的意志，没有了意志，也就没有了"富裕"！

很多身处贫寒中的人，也许还在抱怨命运的不公平，抱怨环境对我们的不利影响，却看不到贫困给我们带来的好处。所以，如何看待出身贫寒，如何战胜贫困，是直面挑战的必修一课。

高尔基说："贫困是一所最好的大学！"是的，生活中并不是每一次不幸都是灾难，有时候，早年的逆境通常是一种幸运！与困难作斗争不仅磨砺了我们的意志，也为日后更为激烈的竞争准备了丰富的经验和内在的力量。这些是无价的财富！

可以说，每一位成功者的成长道路都不是一帆风顺的。正是他们善于在艰难困苦中生活学习，磨炼意志，才能在最险峭的山崖上扎根，成为最伟岸挺拔的大树，昂首向天。相反，一帆风顺的成长经历只会造成人的软弱，使人弱不禁风。这难道不是生命中一种莫大的贫困吗？

什么是真正的富裕？什么是真正的贫穷？很多父母，竭尽全力为子女打造富裕和优越的环境，他们的子女不需要为自己的生活付出，甚至生活变得空虚无聊，难道这样真的是为子女好吗？显然不是。也许教会子女脚踏实地做事，学会为自己负责，学会无论在什么样的境遇下都能够很好地适应环境，并好好地生活，是每一位为人父母者给予孩子的最好礼物，也是一份最宝贵的财富。相反，父母不在培养孩子独立生存的能力上下功夫，也许留给孩子的是一生的贫困！

无论在何种境遇下，请正确地对待你目前的"贫困"，别忘了"贫困"是一种财富！

4

抱怨，是不健康的一种表现

晚饭后，和老公出去散步，当路过一个超市时，突然想起家里要买的几样东西，于是我们走进超市，结算时才意识到忘记从家里带袋子或兜子，售货员问我们是不是需要买一个塑料袋子，我当时听他这么问之后，喃喃地说了声："真好！"售货员不解地问："人家都抱怨说'为什么一个小小的袋子还收费？'而您却说好？！"我说："会有很多顾客因此不买袋子吧？""是的，尤其是很多岁数大的人，以前，要袋子多的人是岁数大的人，现在岁数大的人多数自己带袋子来……"售货员说。

是啊！小小的一个袋子，当收费后，就减少了多少资源的浪费和环境污染啊！而因此又减少了多少环卫工作和生产工作啊！甚至，减少了多少病人！要知道，塑料的降解是很困难的，只生产而不消化和降解，这个世界会被越来越多无法处理的塑料垃圾所包围，人类及地球上所有的生命都将受到威胁！

老公说："参与环保从我做起。"于是，我们相视一笑，把东西分装，揣在

衣兜里，或拿在手里。然而，走出超市，11月中旬的沈阳，东西拿在手里还是有点凉的，当东西在手里倒来倒去的时候，感觉还是有点不习惯。于是，我们俩开始一边走一边就这个话题进行了讨论，回忆以及预想……

曾听到很多人抱怨环境越来越差，当国家环保政策出台后，一些人会有很多不适应，开始了新的抱怨，抱怨商家不提供免费的袋子，等等。岂不知，这些抱怨表达了其不健康的心理状态。

环保是关乎民生的大事，人人有责！每个人都应当为环保尽自己的一份力量，抱怨，起不到任何好的作用！其实，一个大的工程、一个大的事项的改变及促成，除了政府的职能工作之外，往往就是在每个人一举手一投足之间完成的。比如，为一个小小袋子的节约而采用对环保有利的方式，为不随处吐痰而"免开尊口"，等等。这是些老掉牙的话题，就像每个人每天的吃饭、睡觉一样稀疏平常。很少有人会抱怨为什么每天都要吃饭和睡觉，但却常常有人抱怨这些老掉牙的话题，抱怨社会不好，环境不好，等等。如果不抱怨，而是像吃饭、睡觉一样的去做好，会是什么样呢？尽管很多时候人们对有了一些变化的生活有不适应，但只要坚持按照新的方式去做，慢慢也会习惯，这是人类的本领，不用担心。不抱怨，按照正确的大方向去做就对了。如果人人尽责，那么，整个环境就彻底不一样了！那就真的更不用抱怨了。

很多女士的包里装有很多各式各样的化妆品或纸巾，不妨也可以带上一个不占多少地方也没有多少分量的小布袋子，以便不时之需；很多男士的车里有各种饮品或食品，不妨可以在方便的角落准备几个小小的纸袋子，这样既可以让乘车的人感到温馨，又不至于垃圾被随便扔到车窗外，更利于环保……

其实，我们每个人都是社会大环境中的一员，环境直接关系到每个人的生活起居和健康利益。能够为他人着想，为社会和环保做些力所能及的贡献，既是一个合格公民的责任，也是一个人成熟和健康的表现。

停止抱怨，是心理健康的开始！

5

听

上帝很有智慧，似乎在创造人类时，就有了很周到的思考。

为什么人有两只耳朵、两只眼睛，而只有一张嘴巴？似乎在向人们表达：做人，应该多看，多听，少说话。

往往有人说的比听的和看的多，甚至看都不看，就乱说；听都没听，就胡说。

用心去听，耐心去听，不仅仅是一种状态，更是一种能力。能够做到倾听和聆听，表明内心的平静、接纳、抱持和尊重。

生活中，很多时候会有沟通不畅，会有矛盾纠纷及冲突。无论是工作中、家庭里，还是公共场所，在各种各样的关系里，沟通显得那么重要。然而，现实中，很多情况下沟通出了问题，往往是因为双方或一方不能够很好地听。

不能够很好地听，要么是关系出了问题，要么是听的能力不足，有时候也是二者及其他因素混杂的结果。

同样的一句话，不同的人听后的感受和反应也是迥然不同的！所以，在某种程度上可以说，听到什么，与对方说了什么无关，而与自己有关。与自己过往的经历和经验有关，也与和对方的关系有关。

听，是人与人之间交往的最基本的能力，这种能力与文化程度没有关系，与经济条件无关，而与人的成熟度和心理健康程度有关。

上帝赋予我们听的器官和权利，如若不能很好地听，则辜负了天生的好听力。好好地听，是我们的责任！

用心去听，也许你会听到以前没有听到过的声音，也许是大自然中一直存

在却又被我们忽视的声音，也许是内心里从来不被我们自己注意的心灵的声音，也许会有新的感受，也许你会很享受听的过程，也许，你的生活、你的世界会发生无法想象的变化！

　　如果你愿意，你试试？

6

措手不及，与可及！

谁也不能确定明天一定会发生些什么事情？未来一定会怎么样?！人生本来就是一场不确定的旅程！很多事情是在没有预知的情况下发生的，往往会令我们措手不及！

我们不知道天什么时候会发威，我们也不知道地什么时候会发怒！在宇宙间，其实，我们很小！很可怜！很无奈！面对天灾人祸，有时候我们真的措手不及！然而，并不是所有情况、所有人都会措手不及！就像我们说的大难不死必有后福！然而今天，我要说：大难不死必有其能！

北京首都这场大降雨，不仅遭了殃，还丢了人！雨是真的够大，排水是真的不畅。然而，这次天灾人祸也赐给我们一些东西——面对灾难，我们如何死里逃生？

人类主要面临两大焦虑：生存焦虑和死亡焦虑。我们很多家长在教育孩子

的时候，更多关注的是生存的问题，所以更多关注的是如何获得好的成绩、好的工作、好的工资收入和生活等。然而，却忽略了对死的防御，忽略了应对危机、危险技能的培养和获得。不仅仅是在百年一遇的大灾大难面前，就是在日常生活中，因为没有生活的实际经验而酿成大祸甚至丧失生命的例子举不胜举！举个小例子：竟然会有那么多人不知道花露水遇明火会招致烧身大祸！这些生活小常识要比书本里专门用来考试的东西重要得多得多！如果有了死，哪还有生？

措手不及不仅仅是在面临危险的时候，再举一个常见的例子：

很多年轻人及他们的父母用赶紧结婚的方式来解决未婚先孕的情况！结果，一切都发生在计划之外！浪漫的爱情才刚刚开始，却要面对突如其来的现实问题；理想中隆重而又准备充分的婚礼不得不在匆匆忙忙中简单进行；筹划已久的待以装修的温馨婚房也要成为泡影，而不得不临时凑合！孩子更是让人措手不及！当人在措手不及的时候，就会有很多情绪，比如愤怒、焦虑、抱怨、自责……当很多人的情绪相互碰撞时，矛盾冲突就开始了！似乎，匆忙结婚是因为孩子，闹了矛盾还要在一起也主要是因为孩子！当孩子慢慢长大，如果孩子感知到一切都是因为自己时，孩子就会出问题；如果孩子未感知到这一切是因为自己，孩子也会以牺牲自己的方式来帮助父母处理婚姻关系！于是问题儿童就出现了。

所以，我们每个人，作为一个自然人，也作为一个社会人，如何能让措手不及而又难以应对的事情少一些发生在自己或亲人身上，恐怕是一个非常值得思考的事情！盲目只能让我们更加措手不及！汶川大地震中，不还是有一所学校因为平时训练有素而能够在大灾面前措手可及吗？！

7

姓名对人的影响

一个月前，有一个来访者因为自己名字的原因来做心理咨询。他说："爸爸妈妈给我起了一个'很大'的名字，这让我很有压力。当然，我知道这个名字里面蕴含着爸爸妈妈对我的期望。虽说只是一个名字，但我总是觉得我不够'名副其实'，尤其是家里人说我应该像我名字的寓意那样时，我会有不舒服的感觉，甚至会有愤怒！有时候，会有莫名的烦躁……"

虽说姓名只是一个人的符号，但对一个人的一生确实有很大的影响。记得我小时候的一些同学因为其姓名的谐音很好玩，经常会被别的同学拿来取笑，他们为此很烦恼，甚至因而引起了很多同学间的矛盾和冲突。其中一名同学还因此变得不爱在人前说话和越来越自卑，上课总是低着头，生怕老师喊他的名字。也有的同学会抱怨父母给自己起的名字太普通，被人家说俗气，而贬低父母无能，甚至引起亲子间的对抗和冲突。因为名字的原因导致的这些事件对一个成长中的孩子性格的养成还是有很大影响的。当然，好的名字对一个人一生

有着积极影响的例子也是非常多的。当代学者钱锺书1910年出生在江苏无锡的一个书香门第，周岁"抓周"时抓了一本书，故取名"锺书"，后来果然成为一代学者。

名字伴随人的一生。在孩子成长的过程中，随着年龄的增长，对自己名字含义的逐渐领悟和理解，再加上长时间潜移默化的影响，名字似乎真的能深入骨髓，即所谓"人如其名"。比如：叫"锋"的人，似乎性格也格外刚韧、犀利些，与之同"音"同"形"不同"意"的"峰"则寓意不同，而与之同音不同形的"枫"或"丰"则寓意又各不相同。所以，听起来是一个名字的两个或几个人，其名字的内涵完全不同，对人的影响也很不一样。

有时，一个名字甚至可能改变一个人的命运。生活中常常可以看到，有些人的孩子成年以后，确有"人如其名"的现象。例如"二狗"生性粗鲁，"大虎"强悍勇猛，"壮壮"强壮有力，"嘉嘉"气质高雅，"乐天"风趣幽默，"志刚"意志坚强，"广智"聪明睿智，等等。很多专家通过研究发现，每个人的名字除了表层的含义外，还有一些潜在的信息，影响着人的性格、情绪、心态及成就。

起名字最好与性别角色相匹配！有的女孩子起了一个典型的男性名字（当然，我猜想这背后一定是有原因的，有的是因为家族中缺少男丁，有的是因为对孩子能力的期待，有的是因为生辰八字的原因，总之，名字背后往往是有故事的），但这样的名字对女孩子的性格养

成还是有影响的，她或多或少会在对女性性别和男性名字这两个部分的认同之间来回摇摆。所以，虽为女儿身，性格里也会多些男性的元素，似乎会在"男性化名字"的催眠下，性格中或许就多了些男性的刚毅，少了一些女性的柔和。这既有好的一面，如果发展得恰到好处，可以成为一个外柔内刚的女子；但也会有不好的一面，就是如果发展得不好，则可能难以很好地享受性别给自己带来的自由和幸福感。我有一个亲戚，男性，小时候家里人说起他的时候，都是叫他的小名，我一直都只是知道他的小名，他的小名是很男性的名字。直到他硕士毕业参加工作后，我才知道他户口本上叫"金莲"这个名字，当然，后来我听说他的这个名字是很有来历的。但是，从那以后，我开始注意他，很多事情上让我觉得他身上是有那么一种介于儒雅和文静之间的、书生气十足的味道。所以，起名字，除了老人说的八字和五行要合之外，也要注意名字与性别的相称。

在社会交往中，有时候人们最初接触到的就是对方的姓名，一个好的名字往往会给人留下很深的印象，尤其是"人如其名"者，就会一下子被很多人记住。而有的名字却留不下很深的印象。有时候，一个人本身的个人魅力给人留下了很深的印象，但因名字给人的印象不深，也会让人们"只知其人不知其名"。所以，好名字对人的社会交往很有帮助。

中国人口众多，重名是很常见的事。很多时候，重名会给人带来很多麻烦。特别是一些很普通的名字，或是被随意起的名字，更是让名字的主人感到不被重视，甚至是伤害，想起自己的名字，就有一种伤感，觉得爸爸妈妈随便就给自己起了一个名字，好像自己是不重要的。因为一个人的名字在一生中是要被千呼万唤的，会重复地想起名字的来历。一个人从呱呱坠地起，其血型、生理节律、内在信息就已经确定了，而人们所能看到的或者每天都要互相打招呼的是人们所熟知和惯用的名字，然而，却在不经意间可能忽略了隐含在名字里的更深一层的生命寓意。在中国源远流长的文化发展中，一个人的名字在某

种程度上说就是一种文化，绝不是毫无意义的可以任意取之的代名词。从一个人的姓名中可以看出家庭的希望及本人的兴趣、爱好、志向、情操、抱负和理想等，也可窥见习俗、家风等，甚至可以推断一个人出生的时代和年龄。

名字是很重要的。名字对人的影响，具有不可低估的作用。所以，如果您正准备给孩子起名字，请慎重考虑！如果您对自己的名字不满意，可以给自己取一个喜欢的名字，很多人就是在户口本上是一个名字，生活中是另外一个名字，以期最大限度地减少名字对其不好的影响。如果您对自己的名字感到满意，请感恩您的父母，并努力使自己"人如其名"！林帝浣，这个名字或许您并不熟悉，但他却是一个令人感到"惊艳"的才子！摄影、漫画、书法、写作，样样在行！他是"中国节气申遗画作第一人"，他的"二十四节气国画"被誉为"中国第五大发明"。他初中诵读《全宋词》，大学背完《全唐诗》，2017年《中国诗词大会》的背景图全部出自他的手笔，不仅展现了他的作画功底，更令人惊叹他的诗词涵养。我想，或许他的名字既表达了父母的期望，也在他的成长过程中深深地"催眠"着他！然而，更值得深思的是，如他所言：人生最大的成功，不是功成名就，而是能以自己喜欢的方式过一生。我想，林帝浣既"人如其名"，又在做真实而优秀的自己。

其实，无论你的名字是什么，无论你是否喜欢自己的名字，请别忘了要学会接纳和喜欢你自己这个人！名字也许表达着父母的期望，也许表达了父母的状态，也许只是父母忽视了名字对你可能造成的影响。然而，最主要的是你要努力塑造自己的健全人格，成为最优秀的你自己。毕竟，人们是通过接触而了解你这个人的，人做好了，名字自然生辉！

8

感恩，幸福！

又逢感恩节，我想起一件事。

很多年前的一个周日上午，我想了解一下营口，便想到了乘公交车来一次"营口半日游"，这半日，还真是收获不小。我刚上了某路公交车，一位白头发老伯也上了车，他小心翼翼地扶着车内的扶手往车厢的后部走，因为车厢的后部还有空座位。这时，坐在我前边座位上的一位姑娘赶紧起身给他让座，老伯对她报以微笑。当坐稳后，老人从口袋里掏出一张卡片送给姑娘，上面印有一行小字："我及我的家人向你表示感谢！祝好人一生平安！"姑娘不好意思地笑着，脸上涨红。老人还说：自己的晚年是幸福的，因为有家人和社会上许多人的关心和帮助。他说完这些话笑了，如灿烂的夕阳！车上周围看见和听见的乘客脸上也慢慢地呈现出笑容来。

这位老伯的方式是很别致的，也表达了他有一颗感恩的心，他脸上的笑容似乎也在表达着他能感受到的幸福和温暖。这感恩的心和灿烂的笑容很有感染力，让周围的人也感受着这颗心温暖的力量！假如不懂得感恩，也许他体会不到家人及许多不认识的人对

自己的关爱，可能还会为夕阳将逝而暗自伤感呢！不懂得感恩，便容易无止境地索求，或是深陷埋怨的黑洞不能自拔，至少是以麻木的心接受着周遭的一切，浑然不知人间的美好情愫。这样的人即使得到的很多，也未必感到幸福。

懂得感恩更能感知自己的幸福。感恩的心，就像聚焦镜，能把周围人的关爱收集到自己的心里。在阳光下，享受阳光带来的温暖；在没有阳光的时候，会用蕴藏在心中的暖意为自己取暖，等待着阳光的再次到来。感恩的心犹如磁场，微不足道的赠予足以让对方牢记在心。每一个赠予者也更乐意把自己的善意和关爱继续送给那些懂得感恩的人，对方的幸福也会让我们感觉自己多了一份幸福。身处同样的情景中，懂得感恩的人会拥有更多的获得感，感受到更多的温暖和幸福！

我们尽管成长的背景和路径不同，但都是由父母带到这个世界上的，都生活在同一个地球上，感受太阳的温暖，感受大自然的馈赠和拥抱，感受生命的滋味……所以，或许我们应该感恩父母把我们带到这个世界来；感谢成长过程中帮助、鼓励、陪伴或伤害过我们的人，他们促进了我们的成长；感谢曾经的经历和遭遇，因为所有的经历都是财富！感恩生命中的每一个人，因为他们拓宽了我们的视野和生命的宽度，生命中所有的遇见构成了我们丰富多彩的生命画卷！

懂得感恩，我们就能握住那个与许多人擦肩而过的幸福之神的手。怀着一颗感恩的心去善待生命中的每一个人和每一个遇见吧，因为这会带给你幸福的感受！

9

疾病和丧失

老公突然高烧，持续一天一夜未退，最高时近40摄氏度，没有任何其他症状。多次用退热药和消炎抗病毒药物，仍不能使他的体温有明显下降，始终在39摄氏度以上。一边照顾老公，一边打理孩子的行囊，我的内心有些担心和不安！看到打着寒颤的父亲，孩子问我："爸爸怎么了？这么热?"我一下子控制不住自己的泪水，脑子里最大的一个信号：他可千万不能有什么危险，我要把一切的精力用在对他的照顾上！

当疾病到来的时候，才更多地觉得健康的重要！才真实地感知到在健康面前什么都可以放下。很多时候，人们只有在丧失后，才会觉得拥有时的可贵！当然，人们都非常希望自己所拥有的永远不会失去。然而，生命其实是一个不断丧失的过程。

新生命一降生，就丧失了母亲温暖的子宫；进入童年，就丧失了幼年，进入敏感多变的青春期，就丧失了无忧无虑的童年；参加工作了，就丧失了学生时代；拥有了爱情或结婚了，就丧失了独身的自由；生了孩子，就丧失了二人世界的轻松；进入中年和老年，就丧失了最好的身体状态，将面临自身机能退化和日复一日的衰老。当疾病不请自到的时候，健康的储备将会越来越减少；而最大的一个丧失——失去生命——是谁也逃脱不掉的丧失。

失去亲人，尤其是双亲，也是人生一个难以逃脱的丧失，那是一种撕心裂肺的丧失感，这种丧失感在一些中年失独的人那里更是令人难以承受！苦不堪言！而有些丧失感是伴随终生的，曾经有一位70岁的老者来诊，诉说自己在刚出生时就失去了母亲，这对于他的影响一直都在。

人生中自然的丧失虽然令人恐惧，但还是能够被人们所接受，而很多突发的和不可预测性的丧失，却很难能被人们所接受，与此同时，更带来了某种不公平感。对于财富幸运等好事，很多人也持这种观点，正如古话所说：不患寡而患不均。这种丧失一旦发生在自己身上，会在与他人的比较当中，更多地感受到不公平，也就更生痛楚。这样的丧失，还有战争、车祸、火灾、水患、地震、遗弃、强奸、性侵、离婚、流产、残疾婴孩、白发人送黑发人……

然而，还有一种丧失感叫作"预期性损失"。损失还没有发生，但会给人带来预期性的悲伤反应。比如：得知亲人身患重病，虽然死亡的威胁并非迫在眉睫，但足以让病人的亲人产生深深的丧失恐惧。所以，很多时候，无论是自己患病，还是亲人患病，往往伴随着一种丧失感，至少是预期性的丧失感。

面对重大的人生丧失，人们往往有种如梦方醒的感觉：重新思考什么才是人生最重要的。换句话说，疾病和丧失也是有意义的，也是有好处的。老公的高烧，也在用另一种方式警示他和我，重新思考什么是现在我们最重要的事情——当然是健康！

生病是一种丧失，而这种丧失也会带来一些收获，甚至是关乎人生意义的重大的收获！丧失，是人生的常态，所以，在生活中经历疾病和丧失并不都是坏事，这会让你越来越学会接纳和珍惜。接纳不确定的事情可能会随时发生。珍惜当下所拥有的一切，无论富裕还是贫穷，无论快乐还是悲伤，无论顺利还是坎坷。然后，以你能努力采取的最好的方式去面对和处理当下的事情，这便是逐渐成熟和成长的过程。

10

关注事物的积极面，你会发现不一样

在我的诊室里，曾有一个妈妈对她6岁的儿子说："别乱动，别把饮料瓶弄倒了，那样饮料就会洒出来的。"结果，不一会儿，那男孩就把饮料瓶弄倒了，饮料也洒了出来。

头脑是根据情景来工作的。如果你说"我不想失眠"，你就创造了"失眠"的影像，你就会有更多的因失眠而带来的痛苦和困扰。你的关注点应放在"想要什么"，而不是放在"不想要什么"。当你说"我想要在一个阳光明媚的上午去郊游"的时候，你的脑子里已经有了一次"郊游"的场景，那或许会带给你一丝愉悦的憧憬。相反，如果你说"我不想在一个瓢泼大雨的天气去购物"的时候，或许你的眼前是大雨中出行的场景，带给你的也许是身体上和心理上的不舒服。

生活就像一幅彩色图画，上面有很多种颜色和不同的故事，如果你只关注这幅画上你不喜欢的颜色和令你感到不开心的故事，且想把它们去除，那么，你就会经常处在一种不开心的状态中，甚至是在一种消耗能量的状态中不开心，那么你就会变得低能量，甚至使自己处于消沉状态里。

消沉是非常可怕的。现代社会信息量越来越大，通过一些新闻、日报、手机微信等媒介，每天有大量的新闻事件和各种耸人听闻的资讯充斥着我们的大脑，让人来不及筛选，甚至防不胜防。它们随处可见，显得那么稀松平常——我们已经习惯了日常提及的战争、犯罪、暴力、贪污等，可以说，很多人对这样的消息熟视无睹。然而，在不知不觉中，消沉就这样偷偷地潜入了我们的生活。人们变得越来越焦虑，感到很累。

如果你不想这样，就要进行一下自我保护，别再继续毫无选择地关注这方面的消息。停止关注你不想要的事情，停止谈论和阅读它们。只把你的心思花在你想要的事物上面。记住，你关注什么，你的能量就会流向那里！学着用正面语言代替负面语言。比如：将"我不想迟到"改成"我会准时的"，将"不要摔门"改成"请轻轻地关上门"，将"不要制造这么多噪声"改成"请安静一点"……

很多时候，我们习惯于关注生活各个方面有多么不如意，比如健康方面，当我们生病或面对疾病时，我们会全神贯注于疾病以及疾病所带来的痛苦感受，而不是把心思更多地放在如何变得健康上，这往往并不能促进疾病快速好转。但是，一旦你改变了关注点，你就会将能量和思想导向更好、更健康的方向上面来。保持乐观的思想，积极去寻找可利用的资源，至少要客观地看待自己的实际情况，而不是把事情都往坏处想，不要让预期的焦虑和想象的糟糕影响了当下应该着手去做的事情。生病时，将你的正面能量、思想、影像、祈祷和冥想与你正在使用的药物治疗结合起来，就能让你更快地康复，因为身心是相辅相成的。

顺便说一下，即便注意到你不想要的，也没有太大关系，关键在于你注意到了之后会怎么做。我们可以把这当作决定你想要什么的第一步，但一定要改变在不想要的事物上投入太多能量和注意的习惯。想一想你不想要的，就足以帮助你明确什么是你想要的了。这在一定程度上会让你对自己的需求更明确。记住，要将你的注意力重新引回到正面的事物上，并且坚持下去。

心理健康和身体健康的秘密在于既不忧伤过去，也不忧虑未来，更不空想困难，只是理智并认真地活在当下。如果你愿意，可以让自己多关注事物的积极面，你会发现不一样！

11

天堂和地狱

一个开着"宝马"的女人来这里做咨询，诉说着自己的烦恼和痛苦，觉得自己是活在地狱里的人。看着她忧愁的眼神和抑郁的状态，令我想起另外一个画面：一个收废品的男人骑着一辆三轮车，车上装满了"破烂儿"，车上坐着一个女人，是他的妻子，两人谈笑风生，脸上洋溢着喜悦和幸福。这个洋溢着喜悦和幸福的画面，我也曾在过去的某个时刻见过，那是一个男人开着"奔驰"旁边坐着他的女友的画面。

比较一下，三轮车上的两个人幸福还是"奔驰"车里面的人幸福呢？可以说，至少洋溢在脸上的喜悦和幸福是差不多的，也许三轮车上的人满足感更高些，因为他们的要求不高。

心理学家对幸福的标准是这样理解的：幸福与性别、年龄、财富无关，生活得快乐与否，完全决定于个人对人、事、物的看法，因此幸福感是由思想造成的。坐在"奔驰"车里的人可能心里郁闷，骑在自行车上的人可能心情舒畅。吃着鲍鱼的人可能有怨恨，食粗茶淡饭的人可能感到满足和喜悦。民工结束一天的劳作下班后，裤脚还都是泥水，就着花生米，喝着二锅头，一种尽享人生快乐的样子。住在茅草屋里的人同住在摩天大厦里面的人苦恼和幸福程度可能是一样的，只是内容不同罢了。

有一个天堂和地狱的故事：上帝领着一个人到地狱，这个人发现地狱里的人都瘦骨嶙峋，他们都用一个特质的勺子喝粥，勺子的把儿特别长，勺子的头很小，舀出的粥都撒在地上，一点也喝不着，最后桶里就没粥了，大家就互相埋怨、互相憎恨。上帝告诉这个人，这就是地狱。上帝又把这个人领到了

天堂，他发现天堂里的人个个都长得胖乎乎的，笑逐颜开，他们用的是同样的勺子，吃的是同样的粥，但他们是把粥舀出来喂别人，你喂我，我喂你，结果大家都吃到粥了，互相感恩，因为有了你，所以我才有了粥喝。

什么是天堂？良好的心境就是天堂。什么是地狱？糟糕的心境就是地狱。心可以造天堂，也可以造地狱。

12

跟和领

生活中，亲人或朋友经常会遇到一些难以处理的情绪，面对他们的情绪，有时候我们会不知所措，甚至会越帮越忙、越弄越乱。在工作中，面对一些同事或有些服务对象的情绪，有时也是如此。

面对情绪压力的人，首先可能要确认一下是处在什么情绪下。是愤怒？是悲伤？还是内疚？……无论是对方的还是自己的。当我们尝试去了解对方或自己的情绪的时候，就会倾听对方或觉察自己，同时也会给情绪一个发泄的出口。如果情绪处理不好，是没有办法解决问题或事情的。那么，如何处理情绪呢？

要处理情绪，首先要承认和接纳情绪，并能够和情绪在一起。

小孩子害怕狗，如果大人只是说："不要怕"，或者"没有什么可怕的"，很多时候并不能减少小孩子的害怕，当大人无论怎么说，小孩子还是害怕的时候，大人可能会因此而很生气。于是小孩子的情绪——害怕，就引发了大人的情绪——生气。情绪没有对错，小孩子的害怕当然也是没有错的，只是大人对待他的害怕的方式不适合，换句话说，没有和他的情绪在一起。此时，如果走过去抱住他，即便什么也不说，也许比只是远远地说"不要怕"更能减少他的害怕。

很多家长会觉得不知道为什么，孩子就不再和我们说心里话了。其实，是因为家长习惯了不和自己孩子的情绪和感受在一起。比如孩子说："就是因为下了一点小雨，我们老师就取消了校外活动。她真烦人！"面对这种情况，也许家长们会有各种各样的对待和回应，但千万别忘了和孩子的情绪在一起："对你来说，一定很失望。"当孩子能够感知到家长对他的理解的时候，才可能和父母讲出更多的心里话。谁会和一个很难理解自己的人说更多的心里话呢？

对待很多患者及其家属也是如此。病人来医院看病本身就带着焦急不安或不好的情绪，如果不先处理情绪，可能情绪会自己找到一个突破口，在诊疗的过程中没有被很好处理的情绪就会随时随地爆发，这样一来，有可能破坏医患关系，弄不好还可能促成医患矛盾。如果能先和病人或家属的情绪在一起："烧了这么长时间，是不是很难受？"简单的一句话，就可以让患者感知到你对他的理解，于是他的情绪得到了疏导，当情绪得到了安抚，病人及家属会更加冷静，接下来才能更好地就病情进行工作，病人会更加信任医生，良好的医患关系就建立了。有时候，医务人员太忙太累了，难免也会情绪不好，此时医务人员要善于自我觉察并恰当地处理好情绪，以避免影响医患关系。因为我们都知道良好的医患关系对于病人的治疗和康复是非常重要的。

很多医患纠纷也是因为没有处理好情绪而使事情一发不可收拾。很多时候，医患矛盾使医务人员不得不拿出更多的精力来处理一些非专业的事情，从而影响了临床诊疗工作，降低了工作效率，甚至因此而引发更多新的问题。当对方情绪高涨的时候，无论讲什么道理，对方都是听不进去的，所以，首先要处理情绪，先和他的情绪在一起："看得出你很生气……慢慢说，你慢慢说我会听得更清楚，可以尝试着再慢一点儿说……"当你能够跟得上他的情绪的时候，他才会感觉到你对他的理解，他的情绪才会因此而慢慢平复，当他的情绪平复之后，你才可能领着他一起谈论事情，才能更理智、客观地看待和解决要共同面对的疾病问题。

有时候，处理了情绪才能真正帮到对方！先处理情绪，再处理事情，这是人际交往中非常有用的法则。

13

当意外发生

一首《马航去的地方》，令我泪水情不自禁地流下……

最近，各种意外的事件接踵而生，令人来不及反应和消化。

人类历史上，很多的天灾人祸，对许多人来说都是意外。比如，"9·11"事件和汶川大地震，除了给当事人带来极大的冲击和伤痛，并久久难以平复之外，对绝大多数见闻者来说，也是非常意外的重大事件，带给人们的那种触目惊心的感觉，似乎还会在一定的情境下再现，并伴随很多的恐惧反应。

近来连续不断发生的伤医事件震惊世界，为何一直以来为病人解除病患的医生和护士，如今却成了病人仇恨和伤害的对象？而新近发生的马航失联事件，再一次令全球人震惊和疑惑！

当意外发生，与意外有关的人，会有很多不同的反应。一般要经历否认、愤怒、抑郁、妥协和接受几个阶段。当意外发生后，该关注的不仅仅是死者，而更应该关注的是那些与死者息息相关的活着的人们。对于死者的亲人来说，那是一件严重的创伤事件，面临着重大的丧失，在没有任何心理准备的情况下，会感到极度的悲伤和痛苦，甚至会出现一些严重的精神症状。在不同的阶段如果给予了不恰当处理，则会造成新的问题和伤害。就像马航事件已经发生了两周，如果媒体还在祈福，会引起很多人的

愤怒！要对遇难家属做稳定化的工作，要在合适的时候进行创伤的处理，并完成哀悼的过程。没有充分完成的哀悼，会影响到生者今后的生活，甚至会因对死者有心理追随而造成自我伤害。而所有阶段中，最不能让人容忍的就是欺骗。如果是被利用，则会造成家属难以抚平的心理创伤！这份伤害也会波及全人类。当越来越多的人心理上受了伤害，则人类越来越成为一个不健康的群体，当不健康的人越来越多甚至超过了健康人数量的时候，人类离灭绝也就不远了。所以，意外发生后，正确地对待和妥善地处理是非常重要的事情。从某种意义上讲，这是人类的自救！

如果，意外不能成为人们警示或警戒的拐点，则再次发生的可能非常大！那样，会有更多的人受到伤害，其后果不言而喻！意外会给人们带来重大的灾难！但如果能从意外中真正吸取了教训，并采取了恰当的措施，往往也会带来很多的转变和完善。从某种意义上讲，意外成为现代人类行为的一种扰动！比如汶川大地震后，更多的人开始重视和演练地震逃生，提高应对突发事件的能力，也是因为汶川大地震，让更多的人认识到灾后心理援助的重要性！

世界本来就是丰富多彩的，任何一个系统里，当关系达不到一种可代偿的平衡的时候，就会有一些极端的事情发生。意外的发生，给全人类带来的也不仅是伤痛！每当有意外发生，总会有很多人重新思考关于生命的意义。很多时候，意外，唤醒了人们的生命意识，让人们更加珍惜和热爱生命。

如果很多次重大的意外都不能引起人类的自省，那么人类最终可能会失去赖以生存的共同美好家园。在大灾大难面前，所有人类的争夺、战争，都显得那样渺小！人类只有合作、以诚相待，才会战胜困难。

有人说：世界上没有意外！因为，所有事情的发生都是有道理的！也许，意外是自然要发生的事情。作为宇宙里的生命，人们更应该学会接受。就像接受天有不测风云一样，接受人类的渺小，接受顺其自然的生活态度，过好每一天，活好当下。当意外发生了就积极面对，尊重生命！热爱生命！让我们的生活不留有太多遗憾！

14

您常和父母聊这些吗？

我们经由父母来到这个世界，并在父母的养育下长大成人，我们与父母一起度过生命中如此多的光阴，可是大多数时光只是用于打理日常事务，我们往往很少跟父母交心、深谈。很多身为子女的成年人，对如何与父母相处这件事情感到困惑，有些人以自己的意愿给老人买这买那，有时候，因为买的东西不合老人的意而不小心让老人上火又生气；也有的人认为老人辛苦了一辈子而不让老人做事情，岂不知有的老人却因此而苦恼憋闷，甚至心情抑郁；也有一些人回到老人身边时，就无话可谈，或者只顾谈些自己生活和工作上的一些琐事，也许并不都是老人喜欢和愿意听的。其实，和老人相处是有些学问的，尤其在聊天这件事情上。

在我的诊室里常会听到有人说，后悔父母在世时没有抓住机会，跟他们聊聊天，谈一些事情。绝大多数人是很关心自己父母的，但很多人不知道和父母谈些什么好。您可以问问父母以下这些问题，或许您会发现不一样。

1. 能跟我说说我的祖父母和外公外婆或您的祖父母和您的外公外婆的故事吗？

这样的问题，会一下子把老人带入回忆当中，那些既往的画面和故事会让老人进入年轻时的状态。另外，家族史远不止族谱和影集所承载的，故事也是家族史的一部分。知道些老祖宗的故事，可以传给下一代，那其实是一种传家宝。

2. 能跟我说说您小时候的故事或经历吗？

父母的成长经历，尤其是冒险经历、希望、担心以及与其朋友和父母的关系等往往是父母记忆深刻而又非常有趣的事情，会发人深省。和老人一起重温其小时候的趣事，会带他回到年轻时候，重温动人的画面和情感，也会带来很多快乐。

3. 您能说说我小时候的事情吗？我很想知道自己小时候是什么样子。

父母肯定记得你小时候发生的趣事，或糗事。你会发现自己原来那样的可爱或淘气！以后孩子问及您的童年时，您可就能顺嘴说出来了。

4. 这辈子，什么事让您感到最幸福、最骄傲？

请老人讲讲他自己年轻时的丰功伟绩，是帮助老人找到自己人生价值的好方式，会令人感到满足和欣慰。那些过往的成就、快乐，还有骄傲时刻就像正向情绪调节剂一样，给老人带来愉悦和快乐。或许您就是父母幸福或骄傲的理由。

5. 在您一辈子的人生经验里，您最想给我什么建议呢？

父母的一辈子，经历过许多事，一定会有一些经验是值得你借鉴的。他们也许会跟您分享人生感悟或哲思，趣事或是傻事。不管什么，都会成为家族里独有的精神宝典。

6. 您最大的遗憾是什么？假如有机会，您会做些什么？

这个话题或许让人伤感，您可能宁愿不提，但是父母的回答会发人深省，会让你重新了解父母，理解以前不曾理解的事。也会让老人感受到被真正地体贴和共情。要相信老人有智慧去处理他们自己的事。

7. 您百年之后希望我们怎么做？

讨论包括父母过世以后的计划，会让很多人感觉不舒服。但这很重要，最好能和老人讨论讨论。后事该如何处理？立遗嘱了么？传家宝该怎么处理？想要什么样的葬礼？这样的讨论，既是对老人的尊重，也能够让老人感到安心。当然，这样的话题要在老人心情愉悦和轻松快乐的氛围下开始。很多时候，开心通透的沟通远比刻意回避要好很多。况且，回避并不能了解老人真实的想法。别等老人不在了才后悔。

下次再去看望年迈的父母时，记得问问上面所列的几个问题吧，仔细倾听父母的诉说，也许你会大吃一惊的！

假如你还有这个机会，一定要好好利用。

15

解扣

　　她，从咨询开始就一直在哭，一直哭到结束前5分钟。

　　她说："委屈。从三年前开始，自己就总觉得莫名地不开心，总有一种憋屈的感觉，就像有一块大石头压在心里，总像有那么一个扣子没有解开，既害怕一个人待着，又耐不了人多时候烦躁。好像家里人除了看着自己难受之外，没有什么办法。对周围人这样对待自己也有不满和抱怨，几句话说不好就会发脾气。而对自己呢？也很不满意，不喜欢自己现在这个抱怨又没耐性的样子，所以，极力压着自己的脾气，使劲摆出好的样子来，可是越是这样，越感觉快要撑不住了，谁能给我力量？"

　　我说："我注意到你在说这些的时候，声音很低，你在竭尽全力地表述，就像在远处使劲全身的力气在呼喊，看看有谁能注意到自己，能帮到自己。虽然声音很低，但你还是喊出来了！"她拼命地点头，并泪如泉涌！

　　过了一会儿，她说："感觉舒服了很多！自己好几年都没有像今天这样能哭出来了！之前也去过省级大医院，渴望医生能留出一点时间倾听我的诉说，不带有任何鄙视地倾听，能给我一点方向或力量，但医生只是给我开了一些药物，根本没时间听我说。回到家后，感觉那药物的副作用好大，受不了，就停下来了。之后，我告诉自己，要自己靠自己，要战胜自己，努力地去参加一些活动，努力地去找曾经的激情，可是，那种状态只能找回十天半个月，维持不了多久。就像不能根除一样，于是感觉没信心，感觉特别痛苦！"

　　…………

　　"谁会最在意你的痛苦？"我说。她说："没有人会在意，不忍心让父母知道我的苦楚，丈夫知道了也不知道该怎样对待我，丈夫也是不善表达的人，有时候，他实在没办法了，就说'你想怎样都随你就好了！'我感觉得不到他的帮助，甚至感觉他不懂我！"

我说："能举个例子吗？"

…………

这个能干的女人，包揽了家里家外所有的事情，又不会在丈夫面前撒娇，这个时时处处都强于丈夫和高于丈夫的女人，忽略了自己与丈夫的关系已经脱离了夫妻关系的平衡，难怪她觉得丈夫帮不到自己！这么强的女人，哪里还需要男人的呵护？难怪丈夫不知道该给她什么？因为丈夫做哪件事情都不如她做得好。事实上，往往是这样的，在家里，有些事情有人做得好，其他人一般都会指望这个做得好的人来做。

有时候，人们是自己把自己套进了一个套子里，或卡在了一个扣子里，自己一个人在自己设定的路径里苦苦挣扎，还总觉得周围的人不理解自己、不懂自己，给不到自己想要的帮助、体贴和心灵的相知与相伴。对周围的人感到失望，甚至是愤怒，认为周围的人应该知道自己想要什么，却给不了自己想要的，这就更掉进了一个心灵的怪圈里。一方面，不会变换一个告知或沟通的模式；另一方面，又在周围人都不知情的情况下，默默地生气和伤心。既弄得周围人不知所措，也弄不明白别人为什么不像自己这样，更不明白为什么别人可以那样开心地、快乐地过活。

有时候，是情绪，是某种没有完全表达或处理的情绪阻碍了我们，阻碍我们快乐地过活；有时候，情绪会通过症状的方式来表达和处理。

有时候，扣是自己系上的，也要学着自己解开。不是有这样一句话嘛：条条大路通罗马。如果这条路走不通了，就学着换一条路走，没必要一定要在一条道上跑到黑。如果真的是钻进了死胡同，那么，越是努力，也许就越是碰得头破血流。方法不对，或方向不对，或没有转换角色，也许都会成为一种死胡同。别把你的努力变成徒劳！当解不开扣的时候，可以试着从更大的视角去看自己及周围的情境，或许会看得更清楚，就像苏轼的《题西林壁》中所说的："不识庐山真面目，只缘身在此山中"。有时候，学着用旁观者的视角来审视，跳出事情本身去看事情，也许你就找到了解扣之径。

当在更大系统上仍然看不清楚或找不到解扣的途径时，借助周围人或专业人员的力量是明智的选择，有时候，我们就是自己的刀削不了自己的把儿！在他人的协助下，你或许一目了然，或许恍然大悟，或许更有胆量和信心去尝试改变。

就像文章开头的那位女士，当她看清楚了自己当下的症结所在之后，就有了方向，开始尝试着做回自己该有的角色，并逐渐学习做好各个角色之间的转换，不再用一个状态行使所有角色的功能！当她做到了这些，扣，自然就解开了。

16

懂

　　80岁的他三年前开始觉得头晕耳鸣，到处看病检查，去了很多医院，花了很多钱，身体检查的结果基本正常，均不能很好地解释他一直以来的主观感受。于是，在医生的建议下来到心理科。原来，他患了老年性抑郁伴有焦虑。

　　最近，和他类似症状的七八旬老人来心理门诊就诊的有很多，尤其是男性，他们的共同特点是：焦虑伴有不同程度的抑郁或伴有一些躯体症状却查无阳性体征。通过咨询，了解他们的状况后发现，原来他们最不满意的竟然是老伴不能理解自己，包括自己的一些想法、愿望、爱好和需求，等等。

　　这是很普遍的一种现象，尽管一些老人还没有觉察到。很多一起生活了大半辈子的结发夫妻，到老了，心却越来越不能贴到一块了，他们各玩各的，互不干扰，除了有共同的儿女之外，好像已经没有了更多的默契和沟通。似乎很了解对方，但其实并不能懂得彼此。这也许是多年妥协的结果，也许是避免战

争的一种画地为界的结局，也许是为了和平相处的平衡之道。他们并不都是没有感情，他们有很多的彼此牵挂，但终归不能有时刻相随的情感相知和交流。

我也曾看到一些如影随形的老夫妻，他们一起买菜，一起做饭，一起锻炼，一起散步，一起旅游，一起读书看报，一起聊天……当然他们也有各自做事的时候，也各有所好。他们的脸上洋溢着幸福、平静和满足！当我听到他们的故事的时候，感慨于他们对彼此的尊重和接纳，感触于他们共同经历的磨难和坎坷，感动于他们对家的忠诚和对彼此的爱，这其中始终萦绕着坚定的信任、鼓励、陪伴、支持、责任与合作。他们之间有一种默契，叫懂得。

婚姻当中，如果夫妻双方能彼此懂得，那是一份令人难以言表的愉悦和满足。而恰恰是缺少了这份微妙的内在连接，而使晚年生活显得更加的孤独寂寞和隐隐的不快乐、不满足！尤其是那些经济条件不错、老伴生活上又照顾得很好的，更是找不到自己不欢的缘由。岂不知，那份不被懂得和理解，让年纪越大的人越感到不安、寂寞、孤独和抑郁。有些老者无缘由地抱怨、挑毛病，其实也是内心没有被理解的一种表达。有时候，人会以躯体不适的形式表达情绪，就像文章开头那个80岁的老者。当然，这是潜意识使然。

懂得，是一种亲密关系的表现，是一种高品质的爱的表现，是一种接纳，也是一种给予。在一种懂得的关系里，个体会觉得更加自由，有被支持的感觉，不会感到孤单，甚至对方成了自己的一部分。人越是老了，越是需要这部分，因为，死本能会带给人们不同程度潜意识深层的恐惧。那些说不害怕死的，都是意识层面的，然而真正发挥作用的具有力量的是潜意识。常言道：满堂儿女不如半路夫妻！更何况原配夫妻呢！所以，人到老年，尽管有满堂儿女尽孝，也不如有一个老伴相知相伴，因为老年人更需要从身、心、文化、角色等方面得到诸多的放松和接纳，需要彼此共同面对衰老，携手走入夕阳西下。

因此，努力经营婚姻和亲密关系就显得格外重要。两个人因为相似而走近，又因为相异而吸引。正因为彼此的不同才有了相互学习和补足的方面。每一个人的身后都有一个长长的影子，意思是说每个人都有不同的成长经历，都要接纳彼此的不同。世界这么大，能走到一起的两个人，是多么不容易！能够成为亲密的人，是一种缘分，也是一种福分！请珍惜！

17 ——

美

她，在大学毕业时割了双眼皮，尽管她的父亲十分反对。当得知女儿已经做了双眼的美容手术之后，愤怒和无奈让他变得很冲动，一气之下，他把双眼还蒙着纱布的女儿赶出了家门，女孩含泪离家。我猜想，在父亲的愤怒和无奈里，既有对女儿术后效果的担心，也有对女儿不听自己话的失落。

每个人都有追求美的愿望和权利，但到底什么是美呢？也许在父亲的眼里，女儿毫发无损的原本的样子就是最美的！

前些天和一些朋友合影，发现自己最美的几张照片都是最自然的笑，没有丝毫掩饰的样子。看着那几张照片让我再一次对"美"有了更深入的体会，而不仅仅停留在之前的认知层面。美，是一种感受，美，来自于真实！美，永远都是内在与外在的统一和结合。

美，没有一个标准的定义，只要是令人赏心悦目的都可称为美。美可以具体也可以抽象，可以自然也可以人工。人工的美只要和自然相协调，就是美

的，化妆整容亦如此。否则，或许既不美也不协调了，比如一位年近九旬的老者硬是要将满头白发染成黑发，这与其满脸的皱纹和缓慢的动作极不协调。人的美貌为具体之美，而美是无限的，没有最美只有更美！

从古至今，美的寓意和故事层出不穷。"化蝶"令多少人泪如雨下！《红楼梦》黛玉和宝玉刻骨铭心的爱情之美，可谓妇孺皆知！《长恨歌》一百二十行诗，情节和情感跌宕起伏，美得惊人脏腑！入人骨髓！很多艺术的美是抽象的，却可以美得令人震撼！

有人说："距离产生美！"原来只觉得那是对不能相聚的亲人的一种安慰，但其实，那真的是一种美。谁说思念不是一种美？谁说伴着苦涩的美不是美？谁又能说心里总有一份对某个人的惦记，不是一种美呢？多少两地分居的夫妻渴望和羡慕朝朝暮暮！然而，真正天天在一起生活的夫妻千千万万，能每天珍惜的却只有十之一二。美，来自于真情！

美，或许就在得到与得不到之间。很多人或许有这样的经历，在与自己的目标有一段距离时，我们废寝忘食、全力以赴、义无反顾、为之奋斗。但达到目标后，恐怕所有的劲头都消失殆尽，这时，或许会发现，原来隔着距离时是一种弥足珍贵的美。美，就在全心投入的状态里。

在一次去南方旅行时，遇到一个白族的老妈妈，60多岁，坐在路边剥豆子，看到我们就只是真诚地笑着，听到我们问她路，她就热情地起身给我们指路。那一刻，我被震撼了，她是那么美，神情里的淳朴，美到了我的心里。我走过了，不停地回头望她，在远处望了一会又走回来，请求她能否允许我给她单独拍张照片，她依然那么美地点着头。我只是想记住她的美！那种动人心灵的美，美到令人敬畏！尽管风雨沧桑了她的皮肤，岁月在她的脸上刻上了深深的皱纹，但这些

只能为她的美增色添彩。美，源自善良和淳朴。

大自然中到处都是美，美不胜收！花，是美的象征，而断树残桩是另外一种美，残花枯叶也是一种美。我曾经非常欣赏一棵老树，她的一半树干已经枯死，而另一半树干却生出很多鲜活的枝叶，在阳光中灿烂地伸展。我赞叹她的美丽，因为她带着伤痛和残缺却努力活出自己鲜活的样子来。美，源自生命本身。

不同的人对美的欣赏是不同的。也许当那个割了双眼皮的女孩走在街上时，看见她的人有的会说："很美！"有的人会说："其实这女孩没做双眼皮手术前也应该很美。"或许还会有人说："不满足于真实的自己之美，这个女孩子心里有更高的对美的追求。"是的，有时候美只在人们的心里。当你在"美"中陶醉后，似乎心情变得更加愉悦和满足，然后又可以安心地去从事你应该做的事情了。生活中，人们离不开美。

是的，美就在那里，看你如何去欣赏！美，不会因为你的不欣赏而不美！能够欣赏到美的人和不能欣赏到美的人，也许在心理感受上有天壤之别。学会欣赏美，与美本身无关。能够被别人欣赏，与你有关。别忘了，你也是别人眼中的风景。

18

今天的你最年轻

今天，一位七十多岁的老翁因帕金森综合征伴发抑郁状态而来到我的门诊，他对现在的自己很不满意，诉说自己因睡眠不好和身体的平衡不好而感到沮丧，再加上自己的听力受限而感到难过！老人家说着说着竟然流了眼泪，声音也有些颤抖！

他小时候经历了"文化大革命"，曾经目睹过自己的父亲在"文化大革命"中被红卫兵批斗的场面，那时候他的内心里总能感觉到有一丝害怕！年轻的时候常常在梦中打杀！生活和工作中也经常有对人不信任的感觉！很少有很知心的朋友，但可以正常工作，享受家庭生活，和家人能彼此信任，能感受到快乐！两年前患有帕金森综合征，后来变得越来越抑郁，不愿意与人交往，不愿意出门，脾气也变得古怪，觉得自己没有什么用了，整天昏昏沉沉的，总像是没有精神的样子。希望能通过心理治疗回到自己年轻时候的状态。

我问他："您希望自己活到多大岁数？"他笑了一下，说："活到比平均寿命稍高一点的岁数就行！"我说："那大约是八十多岁！"他说："是的，能活到八十岁就很好了，我就知足了！"我说："如果是

那样的话，那大约还有五六年的时间？"他点点头，略有所思，脸上的笑容逐渐消失了。我说："您打算怎么来度过这几年的时间呢？"他想了一会儿，说："要好好活着！"

我说："您说得太对了！我们谁都回不到原来的样子了，每一天的我们都不一样，但是，对于未来的您自己来说，今天的您，是最年轻的！"他看着我，大约两分钟，再次点头，说："是啊！以前从来没这么想过，真的要活好每一天！"我高兴地说："那么就不要总想着回到从前，回不去了，把注意力和精力放在好好品味和享受今天这个最年轻的自己吧！"他点头。

···········

在临床中，有很多人希望自己能回到年轻时候的样子，回到以前自己好的状态，甚至不能忍受症状的好转要经历一个过程。比如，有的人说："如果我的头不疼了，我就什么都好了。"或者，有的人说："如果我能睡好觉，那么什么困难都不成问题了。"这好像陷入了一个悖论里，无法自拔，认为自己现在的状态不够好，不能接纳现有的状态，无论是头发白了、眼睛花了、耳朵背了、失眠了、体能下降了、精神头不足了，还是自己对岗位的胜任力不够，以及他人对自己不够尊重，等等。这些状态都不是自己希望的那个样子。换句话说，很多人希望自己活在理想状态，并希望马上达到理想状态中的样子，而忽略了现实中真实的自我，不接纳真实的自我，不接纳即便转变也需要一个过程，更不愿意为转变付出努力，却又对现实中的自我不满意而不开心！于是，年轻人会期待以后的自己比现在的自己更优秀，年纪大的人往往想回到从前有活力的状态。

然而，我们是永远也回不到从前的！不要再浪费今天了，只有我们活在今天，活在当下，才会和真实的自己在一起，才能全然地感受自己真实的状态，才能真实地感受世界，才能活出最本真最有活力的自己。因为，针对所有未来的日子，今天的你，不，当下的你，最

年轻！那就请尽情地在每一个当下欣赏和热爱最年轻的自己吧！活出自己当下最年轻的样子来！无论在工作、生活还是在学习中，好好展现和享受你当下最年轻的样子吧！千万别错过了每一个你的当下！

今天的你，最年轻！别辜负了最年轻的你呦！每一个精彩的当下，成就了你精彩的人生！

19

"把关系删除"

　　她来做心理治疗已经半年余，今天突然觉得厌倦了做治疗。我和她探讨，她说自己生活中的很多关系都是如此，当关系不是按照她所希望的那个样子发展的时候，她就会删除这份关系，今天，甚至想删除和治疗师的关系。

　　半年的接触，至少在"真诚一致"方面，我和她建立了比较值得信任的关系，她能够直言不讳，令我们的谈话很真实，也很有效率。

　　"把关系删除"，当听到这几个字的时候，我的脑子里一下子蹦出"把酒倒满"几个字，《把酒倒满》是一首歌曲的名字，一首很富有情感和情绪感染力的歌曲。无论是那首歌的故事情节，还是"把酒倒满"这几个字的意思里，都饱含着情感，而且是含有下一步隐喻的，似乎是有潜台词的，比如说"一饮而尽"或"干杯"等。那么"把关系删除"的潜台词是什么呢？背后的情绪是什么呢？

　　她说："是为了保护自己！因为害怕！"这深化了我之前的一个猜想：她在某种或某段关系里受到过伤害？！

　　很多人在成长的过程中会遭遇来自关系的伤害，有的时候，人们在糟糕的关系里学会了如何更好地处理关系，比如：有的人在经常受指责的关系里学会了讨好或学会了为维护自己的尊严而战，从而避免被指责或获得尊重。也有的人，因为在某段糟糕的关系里受伤，从此因害怕再次被伤害而躲避与人建立关系，尤其是亲密关系。然而，人是群居动物，在人的内心深处往往是对关系有向往的，尤其是对好的亲密关系的渴望。所以，一般情况下，人不会去主动拒绝关系，但当不能要到一个好的关系时，或预感这段关系会给自己造成伤害的时候，就会主动"删除"这段关系，来避免受到预期的伤害。

那么，"把关系删除"的下一步是什么呢？她说："是没有了关系。"然后，她低下了头，眼神变得黯淡，慢慢地移开了视线，落到她的腿上，似乎不愿意再说下去了！

是啊！当一个人与这个世界没有了关系的时候，留给自己的可能就是离群索居，感受到的是孤独、害怕和与世隔绝，那似乎是一种"活着的死亡"！

我们每个人都离不开关系，又都是在关系里生存的，尤其是在中国的文化背景下，更是这样。当然，当某种关系已经无法维系，我们需要和这段关系告别，或把这段关系在心底的某个位置放好。其实，无论是否需要告别，有一些关系一直是在心底的，尤其是心中渴望或珍视的关系。我们可以"告别"一部分关系，但不能没有关系。那么如何经营关系就变得非常重要了！

很多人在成长的过程中没有机会处在一个好的关系里，所以，学不到如何与人建立和经营好的关系，这也是很正常的。而事实常常却是这样的：越是不会经营关系的人，越是想建立一段好的关系，却往往事与愿违。那么，其实可以在新的有治疗意义的关系里重新学习如何建立关系，比如：在与老师的关系里、在与亲密伴侣的关系里，或者在与治疗师的关系里。在这些具有包容接纳的关系里，可以重新获得或修正与人建立关系的新的体验和技能，从而获得逐渐令人满意的新的关系，而不至于刻意"逃避"关系或"删除"关系。

临走时，她说："保持现在的治疗频率我觉得很好！我不想删除这份治疗关系。"

努力去经营一份关系，可能对每个人都很重要。对于治疗师，能够建立一份好的健康的咨访关系是帮助来访者的前提。不要轻易将一份关系"删除"，至少你可以不急于"删除"。关系分为很多种，也有远近之分，而且是相互的，你只要在内心里有一个关系的维度，关系会自动地在那个维度里自由地远近或上下滑动。你努力经营，就会增加关系的恰当度；不用心经营，可能就会减少关系的舒适度。不必刻意要去"删除"。关系就在那里，你删不删除，它都在那里。

关系并不是越近越好。好的关系，是一种既有弹性又有边界的关系。弹性，既是指不僵化的，充满建设性的；又是指在这样的关系里，彼此需要协同进步，相扶相携。边界，既是指不能越俎代庖，又是指每个人都要为自己的事情负起责任。即便再亲近的关系，哪怕是亲子关系或伴侣关系，都需要有自己独立的空间和应该承担的责任。

心路成长篇

● 每一个黎明都破晓于黑夜，每一个美丽的邂逅都源于你的行走。

● 对于人的生命而言，要存活，一箪食，一瓢饮足矣。但要活得精彩，就需要有宽广的胸怀、百折不挠的意志和化解痛苦的智慧。如果精神垮了，没有人救得了你，更不用奢谈什么成功了。

● 我们无法避免苦难与挫折，但可以使它变"淡"。

● 这个世界有很多的美好，但美丽与风景本身无关，而与怎么看待风景有关。你的人生可以由你来创造，遵循你内心的真实感觉，大胆而又小心地尝试，会有意想不到的收获。

● 自信从来都是通过实践逐步建立起来的。不去实践，永远走不出自卑。很多时候，人不是输给了困难，而是输给了自卑。

1

雾里寻路

每周二晚上在鞍山的自我体验小组是一定要去的。中午就给儿子准备好了晚饭，告诉他大约晚上九点半的时候妈妈就会回来。下班的时候，雾还是很大，在决定了开车去之后就出征了。

结束时晚上八点，小组现场的气氛和情绪一直还在萦绕着，简直不能让我接受外面雾的世界。市内还好，随着车流，在路灯下，我的思绪还在刚才的屋内。

离市中心越来越远，雾越来越大。简直是在天上开车，随着路的颠簸，还真有一点腾云驾雾的想法。

看不到路边的参照物，也看不清路面的标志，在雾里摸索行进的同时，我想到了盲人，而我还不如盲人，盲人是训练有素后才独自上路的。想到家里期待我的儿子，心里不免有些焦躁，明明知道高速口开的可能性很小，但还是想碰碰运气。于是凭着感觉，慢慢前行。这时，父亲打来电话嘱咐我住在正义街，我告诉他既然开出这么远了，如果回不了营口就去腾鳌，我多想有时间陪陪老爸老妈呀！终于有出租车赶上来了，也不必问他驶向哪里，有车在前面，至少可以看到路面上的标志，证明我不是在逆行。

前面是红灯，我准备直行去高速口碰碰运气。右邻的出租车司机放下车窗，我随即放下车窗问："师傅，前面是达道湾高速口吧？""是，你如果想上高速，就回去吧，不可能开（通）。""那前方可以去腾鳌吧？""去腾鳌得现在就左转了。""左转是哪？""二台子。"我知道走"二台子"路会不好走，但又突然想起在前方左转的话有桥，雾里看不清，又没有同行的车，我担心自己碰在桥墩上，所以，尽管当时没在左转道上，又是红灯，我还是匆忙左转了，真是慌不择路啊！然而，这似乎没有干扰我，当车开过去才发现原来左侧这里"埋伏"着一排排的车，近了才可以见到它们发出的一对对昏暗的灯光，若是没有雾，这灯光一定很耀眼。我庆幸自己及时左转了。

由于平时不太走这条路，记忆是有些模糊的。我下意识地感到开过了该转的路口。路边隐约可见一处灯光，我小心向右靠一靠停下来，才发现自己停的仍是路中央，又重新启动，反复几次后才慢慢停靠路边。那是一个汽车修理厂，工人告诉我是走过了，要掉头左转。天哪！我直行还都困难呢，掉头？能行吗？正迟疑时，路边驶过来一辆摩托，一对年轻的夫妻相互紧拥着慢慢前行。在这个时候只要路上有人我是一定不会放过要去问的，其实这是一种求救意识吧。

他们非常热情，大声告诉我他们会领着我往前走，可能是共患难（也许不该这么想），他们真是格外关照我，我当时感到无比幸福，心里充满了感激。在他们的帮助下，我转入通往腾鳌的路。然而，这并不是一条顺畅的路，前方好像有路障，而且我有一年多没走这条路了。无奈，只能走下去，至少方向是对的。

这条路并不是单行线，中间也没有隔离带，我放下车窗，尽可能地找点参照物。不断地有人型货车从左边超车。尽管它们很可怕，但此时我也会因它们的存在而感到不孤单。索性跟着它们走吧。终于到了设路障的地方，大货车都向右斜岔扬长而去。我不知道它们驶向何方，停了下来，有两个拿着大电筒的人走过来告诉我前面不通，我害怕他们是劫道的，没敢说话（其实，他们是好人），只好掉头。这时上来一辆出租车，车窗是半开的，我大声喊："师傅，您去哪？"对方回答："腾鳌。"我真像是找到了大救星一样，连忙说："那我跟着您走吧！"那司机半开玩笑地说："给多少领路费？"我也跟了一句："多少都行

啊！出租车司机真是什么时候都想着赚钱呀！"

这段斜岔的小路我从来没走过，印象中不应很长，而此时却一直开不到头，要不是前面的出租车，我一个人开车还真不太敢走呢！尽管我猜想他是不是也因雾大而走错了路，但还是紧紧跟住他，随便吧，只管往前走就是了。路边还有匆匆行走的人，白茫茫中，是多么危险啊！突然感受到了车下驶过的是铁轨，熟悉的铁轨！我几乎叫出来，这应该是通向腾鳌路上的那个铁轨。我好像不再那么"依恋"那辆出租车了，这时出租车也靠路边停下来了。我跟着前面的大车一路前行，心中默默地感谢路上的人和车。是腾鳌大桥，我终于找准了自己的位置，到了腾鳌镇内就离家不远了，然而，我知道前面的路将更难走。

这是一段新修的路，没有路灯，路线也是陌生的，我想寻个边际，好有个参照，可是向左右车窗外望去，白茫茫的，什么也看不见。就在此时，我下意识地踩了刹车并仔细向前方看，"啊"地一声紧急刹车！我眼前是一辆瘫痪在路上的营运三轮车，主人就站在车旁！真悬啊！我不敢想象假如我一直没有往前看，或者车速再稍快一点……那人也一定是吓坏了，怔了一会儿，借着我的车灯光，吃力地将车推向路边。这时，我才发现原来他的车坏在了马路中央，他的车没有灯，他一定比我更无助。我全身发软，被这大雾所困，真有"叫天天不应，叫地地不灵"的感觉，也有些后悔，不该急着往回赶，应理智地住在正义。然而，事已至此，我也只能面对现实。我告诉自己一定能靠自己的力量

抵达目的地，我甚至开始佩服自己的勇气。我摸索着向右靠，车窗放到最低，可以隐约看见马路牙。印象中前面是一个丁字路口，我应右转，然后左转。咦？怎么不见了马路牙了？正在这时，我发现两辆车正从我的右侧向我开来，原来我正处在丁字路口的正中央，我赶紧向右打轮。这样也好，不然是看不到左转的路口的，这是一个不起眼的路口。

我转过来了，但不能确定是不是我要走的路，借着两旁隐约的树木，尽量将车开在路中间，开了很久，我开始怀疑自己是否转错了路口迷路了。但此时我好像并不慌张，看看油表还有半箱油，我想怎么都能坚持到天亮的。虽然一个人在这荒郊野外，还真的不害怕了。左侧好像是一个牌子，再近一些上面好像还有字，我下了车走过去看：腾鳌特区敬老院。我内心无比激动，这不就是我回家的路吗！之后的路上我好像是一边左右张望方向，一边哼着小曲开车的。这弯弯曲曲的乡村路还是有些颠簸的，但并不影响我激动的心情。怎么不见了左右的树木？我知道这是一段弯路，减慢了速度，但不知道这个弯该怎么转才好，突然感觉左前轮下陷，不好，再往前开就要掉沟里了！我急忙刹住车，挂倒挡，还好，有惊无险！之后的一小段路，我开上十米左右就下来看看路的方向。终于到了爸妈家的大门口，我松了口气，感到恶心、胃疼、头晕、口苦，但心里有一份喜悦。妈妈开了大门，那一刻，我感到疲惫，也感觉像是凯旋而归。

进了屋，老爸老妈一边心疼我，一边批评我。已经九点了，来不及说什么，先打电话告诉儿子我今晚回不去了，他还一直在等着我回家呢！当听到我不回去的消息后，他有些失望和无奈。面对儿子的失望和无奈，我很愧疚！也很心疼！要知道他才只是个小学五年级的孩子啊！安抚了儿子后，答复所有关心我的人，告诉他们

我是安全的。大家善意地指责我不该来，或不该急着走，而我的内心颇有些感受：就像我在路上，只要方向选定了，剩下的就只有去克服困难了。人生亦如此，既然我想来，不来一定难受；既然也想回，不回也一定不安。我并不是要刻意走进迷雾的，而如何从迷雾中走出来的过程就变得格外有意义！生命中难免遭遇困境，而困境往往是不可预知的，逃避和抱怨是没有用的。在大灾大难面前，人们好像并无区别，而有区别的是谁更有勇气、智慧、信心和能力，而这些是来源于实践的。那么，为什么还要拒绝实践呢？这场雾给了我一次非凡的体验和一份特殊的品味！我不会主动无意义地冒险的，因为我知道我的生命不仅仅属于我自己。慢慢地我进入了梦乡……

夜半被犬吠惊醒，雾已散去，月亮挂在天空，微笑着看着人间。老天爷一定是和人们开个玩笑解解闷，仅仅三个小时前弥漫的大雾就像梦一样。人生又何尝不是一场大梦呢？困难对于每个人都是一样的，不一样的是心态。这场大雾，从某种意义上来说是灾难，而从另外的意义上说也是财富。

这一夜，儿子第二次一个人在营口。

五点多，我早早来到高速口，希望能来得及给儿子做早饭。然而，高速未开，我打开车内灯，写下了以上文字。七点，高速开了，前后可见范围内没有车，那朦胧的银白色的雾气围绕着我，跟随着我，就像舞台上那圆形的灯光跟随着演员一路前行。我陶醉了，这简直是上天给予我的奖赏，太美了！只可惜没有人与我一起分享。我放开音乐，心情格外惬意！

八点钟，我准时出现在办公室，开始了新的一天……

2

精神——生命的支柱

　　周日开车，儿子同行，他打开收音机，聚精会神地听起了评书，小学六年级的他，似乎一天一个样，但凝神听书的样子好像一直没变过。刘兰芳的评书真是让人百听不厌，记得我小时候还不如儿子大的年纪就很喜欢听评书，那时痴迷于评书，真是可以用废寝忘食来形容。然而，还有比这更着迷的，就是听《小喇叭》节目。那时候，伴随着"小朋友，小喇叭开始广播了"那甜美的广播声，我的精神大餐便开始了，节目中有童话剧、有音乐剧、有电影录音剪辑等。直到现在，那些声音还会时常萦绕在我的耳畔。那是我成长中的一份精神食粮。

　　还记得其中有这样一个故事：一个身患绝症的小女孩静静地躺在病床上，她怀着恐惧的心情痛苦地等待着死亡的到来。她黯淡的双眸凝望着窗户外枯枝上的一片黄叶，秋天来了，黄叶会在秋风中落下的，她心想当黄叶落下的时候，生命也到了尽头。一天、二天、三天……日子一天天过去，黄叶仍然顽强地挂在枯枝上；冬天过去了，春

天来了，小女孩伴着那片黄叶活了下来。而事实上，那片黄叶是一位画家在风雨中小心翼翼地画在墙上的，但却成了小女孩生命的寄托！

精神对人有着极大的力量！

20世纪80年代的一位心理学家做过这样一个实验：让一个死囚躺在床上，告诉他将被执行死刑，然后用手术刀的刀背在他的手腕上划一下，打开事先准备好的水龙头，向床下的一个容器里滴水。伴随着由快到慢的滴水声，最后，这个死囚昏了过去。尽管这个实验被当时的司法部门批判，但他用事实证明：精神是生命的支柱，人一旦精神被摧垮，生命也就枯萎了。

从某种意义上说，人不是活在物质里，而是活在自己的精神里。对于人的生命而言，要存活，一箪食，一瓢饮足矣。但要活得精彩，就需要有宽广的胸怀、百折不挠的意志和化解痛苦的智慧。如果精神垮了，没有人救得了你，更不用奢谈什么成功了。

3

放下

　　陪伴母亲住院的日子，目睹很多病房里的事情。

　　有年过八旬的老人放不下对儿女的操心的，有中年人为一些小事而骂骂咧咧的，有年轻人对父母总是出言不逊的，还有的陪护子女因为自己的事情离开病房，使住院的老人无人料理的……病房里呈现着病人、病人家属、家庭、家庭关系，呈现着医患关系，也呈现着社会的一角。

　　当疾病不请自来的时候，人们会有很多新的人生感悟，这些感悟会陪伴每一个与住院有关的人一段日子，比如：要热爱生命，要珍惜健康，要善待自己和亲人，要学会放下，等等。然而，对很多人来说，放下比拿着要难很多！

　　母亲初入院的晚上住走廊的加床，走廊里加床很多，人也很多，会听到各种因疾病而痛苦的声音：打电话的声音，医患交流的声音，走廊的大门吱吱呀呀开关的声音，有安慰的话语，也有抱怨的声音……不经意间就可以看到每个人脸上的焦虑、无奈和疲惫。夜半，母亲病情稍平稳后短暂入睡了，我实在太累了，就依偎在母亲床边，啊！真舒服啊！那一刻，对我来说能让自己平躺下来是最大的满足！

住在母亲床边的是一位年轻的小伙子，陪护他的是他的同学，衣装整齐，显得很精神，一直站在床边，偶尔坐在凳子上，当病房里越来越多的鼾声入耳的时候，他也略显倦容。我看着他放不开的样子，对他说："或许，你也可以坐到床边，把脚搭在凳子上，让自己放松一点，尽量让自己休息好一点，才能给你的同学更好的照顾。"他有些腼腆地说："没事，我还行。"我猜想他其实不是不想休息一下，可能是放不下些什么，或许是放不下面子，或许是心里对病房环境还不适应，等等。看着他难受的样子，我想到：学会适应环境，也许才能更好地生存和生活。

陪护母亲住了几天院，也听到了很多的故事，有一位80多岁的老人，讲诉自己与某个人的恩恩怨怨，一直没放下。看着她和蔼可亲的面容，感慨她不容易的人生，在倾听她诉说的同时，我在想：如果她能放下，放下那些恩怨，或许她会活得轻松很多……

没有无缘无故就生病的，要么是放不下不良的生活习惯，要么是放不下某种情绪，要么是放不下某种追求，等等。很多时候，生病是有意义的。生病和疗愈的过程，也是教会人们学会放下的过程。这让我想起孔子的话：少年戒色，中年戒斗，老年戒得。老年人真的应该学会放下，放下人生的所得，学会过减法的生活，把更多的精力用在享受晚年生活，当然，也可以回味人生中过往的美好！其实，每个人都要学会放下，放得下（如面子、烦恼）才能拿得起（如健康、平静）。

4

现在就是最好的时光

前段时间，我生病了。在生病的几个月里，起初，觉得生病是很麻烦的事，甚至有点讨厌疾病。后来，因为一直不见好转，我对疾病的态度改变了，我不敢再讨厌它了，那时候我最大的感受是：我愿意以"任何东西"来换取我的健康！于是，治疗的动机开始强烈起来，开始与疾病和解，去琢磨疾病存在的意义，而与此同时，原来认为重要的事情也不觉得那么重要了！

生病给我带来了一些反思。是什么会计我以这种躯体形式来表达？我的躯体在表达什么？我对待自己躯体的方式和态度又在呈现着什么？假如我的生命还有有限的时日，我最想做的事情是什么？如果生命给我机会，接下来我该如何对待我的生命？

有时候，当我们对自己不够好的时候，身体就像一个贴心的管家，会以一种特殊的方式来提醒主人。生病的意义不仅仅在于对既往生活模式的反思和调整，也在于促进人们对生命以及死亡的看待和学习。所以，从某种意义上讲，生病因此而成为了生命中的资源或拐点。

人的一生，我们真正想要的，并非物质，而是心灵的富足。如果，生命中没有遗憾，或者倘若可以优雅地老去，有尊严地死去，则不必计较生命的长一点或短一点，也就更能够顺其自然。有时候，生病会促使人们去思考：如何能活得更好，活得幸福！生病有时候让人更关心自己的存在，对生命的认识更清晰、更明朗了一些，哪怕仅有寥寥几日，哪怕带着病痛。这样看来，生病是一份上好的生命礼物，不是吗？至少可以让我们活得更明白些。

从确认病好的那一时刻，直到此时此刻，一种强烈的情感在我的心里萦绕：仅仅是活着，就值得感谢，不是吗？

然而，在此特别想强调的，也是因生病而获的深刻体悟之一：现在就是最好的时光！不要再把美好的憧憬放搁在遥远的未来；不要再把"等……之后……"作为口头语；不要为想做的事找任何理由不去做；不要在未来去讨论"时间都去哪了？"而感慨虚度！

现在就是最好的时光！做！去做！去做自己想做的事情！

有些上了年纪的人说："老了，好时候已经过去了！"记得英国作家萧伯纳的一句话："只有年少时拥有年轻，是件可惜的事。"是啊！相对于明天，今天就是年轻的，而且今天永远比明天年轻。当这样想时，老，已不再是件让人畏惧的事；反之，老，是生命的一个季节，每个季节都有其独特的美丽！这个季节，因为有了丰富的阅历，而可以尽情地去品人生百味；可以有充足的时间，花费在更多美好的事物上。

现在就是最好的时光！因为没有哪一个时刻是可以重复的。当下，就

是最好的时光。每一分钟都是那么值得珍惜！每一时刻都那么美好！无论你经历风雨还是彩虹，光阴都不会重来。此刻就是最好的时光！

人生没有彩排，每一天都是现场直播，哪一时刻不精彩？

5

感受生命

　　每逢佳节倍思亲！又是一年端午节，记忆中的她，每逢端午节，都会很开心！忙着准备五彩绳，采摘蒿叶，甚或亲手缝制小粽子、小葫芦、小桃子等布艺挂件，每当我们回到家中的时候，粽子已经煮好了！她笑盈盈香甜地吃粽子的样子，还清晰地呈现在我的眼前！有五个端午节她没有吃到粽子了！不知不觉眼泪已经流到键盘上！

　　当家中有亲人离世之后，对生命和死亡的看法会有些变化。之前，我的感受是：要珍惜生命，好好生活。然而，今年又有了新的感受。

　　人不可能不想到死，正如人不可能不死。生命在一呼一吸之间延续，也在一吸一呼之间流逝。生何欢？死何苦？一代又一代的人苦苦追问、苦苦思索，不得其解，只有浩瀚的苍穹静静地凝望着、守候着、沉默着……

每个人都以自己的方式认识死亡，并以不同的方式处理"死亡"所带来的恐惧和焦虑。对有些人来说，死亡焦虑是人生的背景音乐；而对另一些人来说，这种焦虑更加强烈，无法控制。长时间生活在恐惧中是令人感到痛苦和无法忍受的，于是人们会寻求各种方法来减轻这种痛苦。比如把希望寄托在孩子身上；或者努力使自己变得更有钱、更出名；或者发展出强迫性的习惯进行自我保护和防御；或是寄托于坚定的信仰，相信终极拯救者；等等。

一些身强力壮的人常常对他人或自己的人身安全不以为意，对他们来说，死亡似乎是不存在的；另一些人则通过与爱人、事业、团体等他者的融合来超越死亡带来的分离之痛，他们常在关系的各种纠缠中忘了死亡的恐惧。尽管如此，人们却仍旧无法彻底征服死亡的焦虑和恐惧：它们始终在那里，偷偷地潜伏在心灵深谷之中。也许，正如柏拉图所言：我们无法对自己的灵魂深处说谎！

实际上，想要过上真正有价值的生活，唯一的途径就是去觉知，对死亡保持觉知，觉知当下所经历的一切都会随风消逝！这种觉知会让生命之光与死亡的阴影重新融合，让生命得以拓展、人生得以丰富。死亡既是每个人与生俱来的痛，也是每个人与生俱来的财富！

想到这里，于是今天发了一条微博：【生和死】死是生的一部分；生是死的延续；从生那天开始就是准备死的；每个人都只能生一次，也只能死一次；

生不能延长，但可以拓宽；死不能逾越，但可以接受；很多人不能接受死，是因为不能接受孤独；当我们无法面对死的时候，也很难好好地生；当我们完成了死，才算完成了生。

我们只能为自己的生命负责！对于我们自己，生命的终点在明确而坚定地等候着，我们能够做的，就是在有限的时空内追求无限：无限地扩大对生命的感受。

愚者在死亡面前变得混乱，智者在死亡面前会更加清醒。当我们去觉知死亡，不会增加我们生命的长度，却可以增加我们活着的清晰度。实际上，这已经足够了，因为我们都不喜欢永生中的无聊，而喜欢有限生命中的精彩！那么，就请把握好当下吧，每一个当下构成了生命的全部，每一个当下都可能成为精彩的瞬间。当下，永远是力量的源泉！

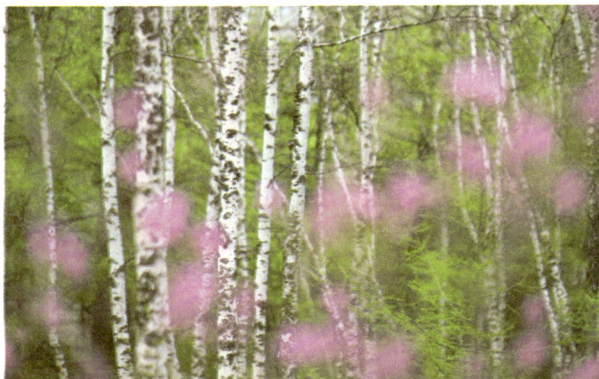

6

修心方能养生

母亲的一生是勤劳的一生，在我的印象中，母亲一直非常热爱她的工作并投身其中，她开朗乐观又不乏幽默，工作中与人打交道时，总是热情亲切，乡亲们都很喜欢她，也非常尊重她。母亲常常是心情愉快的，脸上总是挂着亲切的笑容，跟她打交道的人都会感觉到在她身上似乎有无穷的智慧和无尽的爱心！工作之余，母亲还要操持家务，她对我们全家人的衣食住行都有办法打理得井井有条。母亲就像一台不知疲倦的机器。

其实，因为长期处于体力和精力的透支状态，母亲身体一直不太好，而且她一直忙于工作和迫于各种生活琐事的压力，年轻时很少注意自己的身体保健，也不注重体检。直到退休时，才在我们的强烈要求下，开始每年进行一次体检。每年的体检中都发现一些小问题，但她不太在意，觉得人老了有点毛病是正常的，我们再三劝说都不能引起她的重视，总是说："不要紧！"前一段时间，由于劳累，母亲突然感到头晕目眩，耳鸣眼花。不知道什么原因，这次突如其来的发病，让母亲感到很紧张很焦虑，表现出胆小害怕、敏感脆弱来。经多方就诊，确实发现了一些问题，但并不是非常严重，然而心理的因素却是左右着她的各项指标，尤其是血压受情绪的影响最为明显。原来一向坚强自信乐观的母亲变得有些抑郁了！

和很多老人一样，生病后的母亲对自己的健康没有了信心，原先很少注重自己健康的她，变得越发地过分关注自己的身体状况。看事情的消极面也多了起来。这样长期下去，身体怎么会好起来呢？

于是，我专门拿出一些时间，和母亲细细地谈，谈谈她过去的经历、过去

的成绩、过去的劳累，一起讨论疾病的来龙去脉，看看还有哪些地方是对我们有利的。慢慢地，母亲不再那么焦虑，认识到了疾病形成的过程，接受了目前的状况，愿意以积极的态度去面对现实，允许疾病的治疗有一个过程，母亲感慨地说："真是病来如山倒，病去如抽丝啊！"母亲开始采取积极的行动去对待了。

逐渐地，母亲的身体状况越来越平稳了，平稳的各项生理指标及越来越好的身体感受又给了她一份信心，从此，她的生活开始了新的调整和平衡，也开始了良性循环。

其实，伴随着身体的突变，心理也在突变；当心理能够逐渐适应的时候，身体也在逐渐适应。心理和生理是相辅相成的，是不可分割的。

通过这次突如其来的发病，母亲开始注重自身的保健，开始琢磨养生之道，放下了原本投入的工作，也切身领悟到"修心方能养生"。

恰好看到一条微博，很能表达我此刻的心情，和大家分享一下：大笑养心，抑郁"伤"心。头要常凉，脚要常热。身要常动，心要常静。治病先治神，药疗先疗心。千保健，万保健，心理平衡是关键。千养生，万养生，心理平衡是"真经"。知足者常乐，忍饥者长寿，耐寒者体健。神疗重于食疗，食疗重于药疗，防病重于治病。

祝朋友们心身健康！

7

真正的敌人是自己

每个人都是活在自己的信念里，为什么呢？

2012年12月21日的世界末日来临之说，对全世界很多人来说还是很有影响的，有的人准备诺亚方舟，有的人花光所有积蓄，有的人选择把住校的孩子接回家，有的人半信半疑，还有的人若无其事。对于这样同一件事情，人们有不一样的理解、感受和对待方式。这时候，你会更加深刻地感受到，真正影响我们心理和行为的，不是"事实"，而是我们对事实的理解和解释。

很多癌症病人，当得知自己身患绝症的时候，会更加珍惜自己有限的生命，做更多自己认为重要的事情，努力完成自己未了的心愿，让自己"死而无憾"；有的人当得知自己患病之后，会一改原来的生活习惯和态度，开始养生，珍惜每一天，抱着活一天赚一天的心态，结果生命远远超过预期；而很多人本来在工作上和生活中是强者风范，但当得知自己身患癌症之后，却一蹶不振，抑郁寡欢，抱怨命运的不公，抱怨身边的人和事，结果生命比预期提早很多时间结束。所以，真正打倒我们的不是疾病本身，而是我们自己内心对疾病和人生的看法。

事实上，当某人看到一条蛇靠过来的时候，不管这条蛇是不是真的有毒，如果这个人先入为主地认为"那是一条毒蛇"，那么，对这个人来说，就和这是一条真的毒蛇是一样的。所以说，事实是什么不重要，重要的是这人心里认为的是什么！就像从小被宠坏的孩子一样，每当母亲离开他身边的时候，他就会感到焦虑，对任何人、任何事物都感到害怕，即便是母亲向他保证没有人会伤害他，但他仍然焦躁不安。真正让他害怕的是他脑子里的想象，而不是

现实。

还有，患广场恐怖症和强迫症的人，也是被自己内心里的"信念"控制住了。

············

我们的感官所感受到的，只是我们主观的感觉，不一定是事实的真相。而我们所认识的世界，也只是外部世界投映在我们心里的主观印象。每个人对于自己或对于人生，都有一个"观念"，即一种生活模式或一种惯性反应，会将他牢牢地套住，虽然他并不了解这个观念，也不能去分析这个观念是好是坏，然而这个观念却会影响他的一生。

所以，当我们与别人意见不一样的时候，当我们无法理解别人的时候，请记住：每个人都是不一样的，他也一定有他的道理。当我们遇到生活或工作中的一些困难的时候，请不要急于走开，请认真地、客观理性地去思考，或许，还有很多途径可以解决你所面临的困难。在困难面前，请记得：真正的敌人是自己。

8

内在宝藏

去省里参加培训，课程很好，老师讲得也很好，大家学得也很认真，但连续几天上课还是有点辛苦的。课间十分钟的休息，有的人去卫生间，有的人吸烟，有的人趴在桌子上休息，有的人伸伸懒腰打打哈欠，也有的人找人聊天，我还是老习惯——去教室外面走走，拥抱一会儿大自然，如果能有伙伴同去，则更是开心的事儿。

赶上天公作美，这几天沈阳的天气很好，室外的环境也不错，因为只有十分钟的时间，所以走不了太远，就在附近转转吧，晒晒太阳也挺好的。虽然每天上下午只有两个十分钟的课间休息，但每一个十分钟都可以到院子里不同的地方转转，风景各有不同，感受颇好。

沐浴在温和的阳光里，感受迎面舒服的微风，似乎大自然在给予你无私而又温柔的抚摸；当俯身去看地面上的花草时，首先接收到的是泥土的气息，亲

切而淳朴；地面上自在的蚂蚁似乎在忙碌着，又似乎在玩耍着；树梢上几只快乐的小鸟儿叽叽喳喳地在聊着天，还有两只悠闲的喜鹊，好像同我们一样在享受着大自然馈赠的美好！熟悉的不知名字的小花，熟悉的蒲公英，还有熟悉的灰菜，就好像一下子回到了儿时玩耍的地方。

这里的一切是如此的美好！为什么我会在这个并没有什么特殊景点的地方感受到如此的美好呢？原来，这些景致就像扳机一样，让我迅速与儿时的记忆建立起了连接，那些早年深藏于我心底里的美好记忆在此情此景下被调动了出来，再次呈现，心情顿时不一样了。

一同散步的姐妹并不能体会到我的快乐感受，她也有些感触，但似乎略有苦涩。来不及分享，便匆匆赶回教室。

坐下来听课，我看到有的人在摆弄手机，有的人在打瞌睡，有的人在记笔记，我似乎能看到自己在扑闪着眼睛，显得很精神。这不是自恋，是刚才那份美好的感受还在发挥着作用，也许是因为我到室外呼吸了新鲜的空气的原因？反正，我不觉得困，也不觉得没意思。

大自然就是那个样子，老师讲的课就是那个样子，而在不同人的心里，感受却各有不同。是因为每个人对相同事件的感受和体验各有不同，这与每个人的成长背景、生活经历以及接受的教育有关。想到这里，我内心最大的感受是：感恩，我的父母！感恩大自然中的一切！

儿时的美好感受真是巨大的宝藏！所以，我在想，如果年轻的父母们都懂得这个道理，能给予孩子留下更多的美好记忆和感受的机会，那么，孩子们将会拥有一生受益的巨大的内在财富！这份内在的财富将会常常让他们感受到更多的美好，因而幸福和快乐常在。

9

容器

6月的一天，我和来访者正在专心做治疗，突然被窗外刺耳的吵骂声惊扰，我马上去关窗，却见医院墙外推车卖东西的人在激动地不停地大声叫骂，虽来不及听清内容，却感觉很难入耳。我猜想，至少这个骂人的人在那一刻非常愤怒！

其实，生活中有很多时候，人们会因为一些事情而大发雷霆！我不认为有愤怒的情绪憋在心里好，但是，大发脾气也是非常有损健康的！也有的人，会由于一些原因而想不开，伤心难过，甚至不想活了。那么，怎么才能想得开一些呢？那些很少发脾气的人是怎么做到的呢？

这让我想起一则寓言故事：有位年轻人常觉得生命非常苦，于是他向智者求救，如何能避苦。智者就要年轻人在一个杯中加入一把粗盐，并一口喝光。年轻人依指示照办了，他将水一口喝光后，大呼："好咸好咸的水！"智者又指示，将一把粗盐放在清澈宽阔的湖水中，当智者指示年轻人喝一口湖水时，年轻人发现，他几乎喝不出粗盐的咸味。

智者微笑说："问题不在盐，而是容器，你必须让容器变得更大才行。"

生命是由欢乐、喜悦、苦难与挫折等拼凑而成的，少了其中一项，就如同拼图少了一角，是不完整的。我们无法避免苦难与挫折，但可以使它变"淡"。如何使它变淡呢？

生活中，有的人因为见识多了，看待事情的视角比以前更高更广了，对一些之前还斤斤计较的事情会看得淡一些，不在乎一些；然而，也有一些人，因为生病或遇到了倒霉的事情，而从原本豁达的状态变得小心眼儿。前者因为容

器变大了，所以，原来在意的事情变得相对小了；后者因为注意力更多地放在了生病或倒霉的事情上，容器没有变，但相对于放大了的问题，则容器相对变小了。因此，要想让苦难与挫折变"淡"，要不断地扩大自己认识世界的范畴，让容器变大。所以，苦闷时，请走出你的房间，到外面去，到大自然中去。当你经历的多了、实践的多了，容器自然就会变大，所谓"见多识广"就是这个道理。

提升内在容量有很多方式，奉献也是其中的一种，做奉献不仅仅是在"给"，其实，"得"的更多。奉献可以让生命的"容器"变大，因为在奉献的过程中，你的付出使你走出自己狭隘的范围，你奉献的爱让你成为世界的一部分，你的世界开始变大，你的挫折与苦难开始变"淡"，越来越淡……

当我们的容器越来越大的时候，内心会越来越平静，能量的消耗越来越少，更能够全然地感知这个世界，这些都会使我们内在的容量无限地增长，生命也越来越充满着力量。

10 ——

听妈妈讲那过去的事情

国庆长假，难得有机会陪伴母亲，能有点时间和她闲聊。母亲已过古来稀的年龄，身体不是很好，常要靠药物来维持血压、血脂、血糖的正常。但母亲有着一颗不老的心，喜欢看电视里的各种节目，喜欢每天和小区里的老伙伴们打扑克、下象棋，每晚都很享受和姐妹们去"走圈"的一个多小时的时光，喜欢给我们做美味，妈妈的炒排骨是远近闻名的香，退休后的母亲越来越喜欢打扮自己了。经历了多次人生重大事件的母亲越发珍惜生命，丰富的人生阅历让原本就很睿智的母亲越来越智慧。我很喜欢听母亲说话，她言语间总是会带给我信心、平和和深深的感悟。

饭后，我和母亲一起躺在床上休息，母亲聊起她小时候的一些事情。母亲小时候很苦，她7岁时就失去了母亲，因为她还有一个2岁的弟弟，所以，得到哥哥姐姐们的照顾也不多，很多事情要自己学着做。然而，母亲是个很懂事也很要强的人，在那样艰苦的情况下，一直珍惜上学的机会，坚持完成了护校的学习。母亲小时候的经历，是我们无论如何都无法经历的，而正是她的经历铸就了她坚韧而乐观的性格。母亲亲身经历的一件件事，给了她自信，给了她解决问题的智慧，也给了她笑对人生的乐观态度。此时的母亲，回忆自己的人生，内心里充满了对人生和命运的感谢，为自己现在还能活在这个世界上而感恩，为自己能享受到现代化高科技带来的便利而感到幸福，为自己培养了合格的儿女而感到欣慰和自豪，为自己还能听、看、闻、品世界而感到快乐……

母亲说自己这辈子帮了很多人，回忆起自己年轻时一件件救死扶伤的经历，真是又惊险又感人。那时候，农村的就医条件很差，遇上急诊的病人，母亲有时候要坐马车去到偏远住户的家里行医；有时候赶夜路，深一脚浅一脚地走出一身汗才能到达病人家里；为了病人的安全，母亲常常守护病人一夜，天亮后护送病人到县里的医院；在我的记忆里，很多次，母亲正在家做饭，突然来了外伤流血的病人，母亲会立即掏出炉灶下面的柴火，赶紧用水浇灭，跑去处置病人的伤口；或者母亲刚刚吃了一口饭，就有人从门外急急忙忙跑进来求医，母亲马上放下碗筷，立即进入工作状态的情景更是屡见不鲜。

然而，母亲觉得做这些事很值得，觉得自己的人生是有价值的，因为自己的付出，让很多人要到了健康，让很多偏远农户有了更多的平安和幸福。母亲做了很多的善事，周围三里五村的人都称道母亲的好！而正是这些事，常常成为母亲老年后回忆的美好时刻，那种对自己满意的感受，给了母亲更多的平静。

母亲着重跟我讲述她的另一个人生感悟：要学会爱护自己！母亲因为年轻时工作常常超负荷，50多岁的时候就有了"三高"。母亲说因为自己身体不好了，很多病人就帮不上了，这让母亲心里时常有愧疚。母亲说如果不是身体出了问题，也许她还能帮助更多的人。母亲以亲身经历告诉我：如果你照顾不好自己，其实你也照顾不了别人。

母亲的讲述和母亲留给我的深刻记忆，都对我有很大影响，使我重新去思考自己的过去和未来，感觉对自己充满了信心，而同时又感觉到责任的重大。

感谢母亲！您独特的人生经历和丰富的人生感悟，令女儿受益一生。有您这样的母亲，我感到很幸福！

　　母亲讲述那些过去的事情时，心情很好！似乎她自己也变得年轻了一些。而我也有一个感受，就是和母亲常常聊些她年轻时候的事情，会令母亲心情更好一些，我很愿意倾听她述说，这让母亲感到很幸福！

11

心灵的年终总结

"今年的最后一天晚上要和家人在一起，因为今年的最后一天和明年的第一天合起来是1314，是一生一世的意思。"午饭时，一位姐姐这样说。

这句话引起了我片刻的宁静和思考：2013年真的要结束了！我想起了昨天看到里程表，这一年我行驶了3万多公里，经历了很多次触目惊心和非同寻常的事；这一年和数以百计的来访者一起经历他们的心路，聆听他们的故事；这一年经历了前所未有的经历，承受了未曾有过的身心压力，也获得了前所未有的高峰体验。当然，这一年对生命也有了新的感受和思考。

生命从孕育到终老，无论是否愿意，都不得不经历无数次的"关卡"。日复一日，年复一年，身体在长大、成熟、衰老，心灵却能够一直成长！生命更多时候是由身体承载着的心灵的旅行。

突然想起方新老师建议我们给心灵做一次年终总结，那就利用这个午饭后，给自己一点点时间，进行一次心灵的年终总结吧！

于是，我坐下来，慢慢地闭上眼睛，做几个慢而悠长的呼吸，一部分的我，听到姐妹们说

话的声音，闻到饭菜的香味，而与此同时，另一部分的我感觉到阳光照在身上温暖的感觉，我好像越来越放松、越来越平静。我渐渐地开始了回忆，属于我自己的回忆，回忆在过去的一个星期里、一个月里、一年里的一个个场景，一个个画面。有很多种颜色，看到了一些人，看到了他们的相貌和表情，有的带着微笑，有的在思考。那些生动的画面又带给我一种力量的感觉，使我内心感到愉悦！而且始终能感觉到有一种平静！

在过去的一年里，我经历了春、夏、秋、冬。在春天里，迎着春风和春雨，我播下了希望的种子，有学习上的，也有工作上的；有生活上的，也有关系上的，播种希望的感觉是那么美好！

在夏天里，万物生长，郁郁葱葱，到处都展现着生命的力量，我为梦想拼

搏着、努力着，有汗水，也有忙碌，我在努力地践行着自己的诺言，在这个充满着生命力的季节里，我有了属于自己的独特体验，带着创造性，带着激情！

在秋天里，大自然进入了成熟的季节，我有了很多收获，收获了工作上的业绩，收获了新的角色、新的友谊、新的荣誉、新的经验和教训，与此同时，还收获了美丽的心情和崭新的面貌，收获了一些成熟，收获了一年的人生经历和阅历。

带着春天的希望、夏天的努力、秋天的收获，我进入到了冬天里，冬天是一个蕴藏的季节，在这个季节里，我可以进行总结和完善，储备力量和资源，既可以蕴藏能量，也可以孕育希望和方向。

带着这份只属于我自己的内在心灵的年终总结，带着力量、希望和收获，内心里有一种满足感和力量感！也充满了希望！

我似乎感觉到自己在微笑，仿佛能听到身边的一些声音，感受到周围的光线，我慢慢地睁开了眼睛，环顾一下四周，姐妹们正在愉悦地低声交谈。我站了起来，伸了两个懒腰，慢慢摇晃一下头部和颈部，动一动肩膀，感觉似乎更轻松了一点儿，更舒服了一点儿……

看着身边的姐妹们，心中油然而生一种幸福感！生命中，认识了很多人，经历了很多事，听到了很多故事，心灵在这个过程中震荡着，成长着！感谢生命中遇见的每一个人和经历的每一件事，给了我很多的滋养和历练，让我的生命之旅充满快乐阳光，让我的人生更加丰富多彩。

　　在适当的时刻，进行一次心灵的总结，重新认识自己，客观地评估自己，会在内心里找到自己前进的方向，会让自己的内心更加平静和清亮。心灵的空间，也需要适时地清理打包，只有让心灵腾出空间，才能吸收和容纳更多的营养和信息，变得越来越健康和有力量。然后，按照自己的方式，带着自己的体验、经验、自信和希望，去迎接新的开始。

12 ——

读书

万般皆下品，唯有读书高。虽然我不完全同意这句话，但我依然觉得读书是一件很重要的事情。

对于已经参加工作的人来说，尤其是工作任务很繁重的情况下，读书便成为了一种奢侈。因为没有读书方面的硬性要求，那么即便有读书的打算，也往往会因为各种"理由"说服了自己，或者给自己一个不必读书的托辞。

宋真宗赵恒的《励学篇》中有："书中自有黄金屋""书中自有颜如玉"。这是劝学。然而，真正的学习是自发的，自发的学习才能汲取到自己需要的营养。

现代很多人，把大量的时间都"奉献"给了手机微信。的确，那里面有很多好的贴心的或励志的内容，但这些碎片化的营养，就像正餐间的零食一样，解馋，但不一定能供给成长的需要。

书，尤其是适合的好书，是一种营养。开卷有益，读书可以使人们获得精神上的营养。多读书可以陶冶情操，令人自信从容。读书可以使人从无知到有知，从有知到深知；读书可

以使人更加理性和淡定，不为喧嚣繁杂的世事所干扰，不为一时一事的得失而喜忧。通过和作者的共鸣和感同身受，宛如站在局外看局内，似乎扩大了视野，也看清楚了很多事和很多纠结背后的东西，从而缓解了自己内心的焦虑和烦恼，使自己变得释然超脱，达到淡泊宁静、自信从容的心理和谐状态。所以，多读书，可以得到很多滋养，甚至是疗愈。

多读书可以修身养性，使人温文尔雅。一个人读多少书是会写在脸上的，我们会发现，同样年龄段的人，不同文化和修养的人总是能被人一眼就分辨出来，主要是内在散发出来的气质不同。这就是我们常说的"腹有诗书气自华"吧！这让我想起英国首相丘吉尔曾经这样评论读书："最有益的消遣方式是读书，千千万万的人都能从丰富多彩的阅读活动中找到精神慰藉。"

多读书可以开阔眼界，增长智慧。每一本好书，都是通晓古今的时光隧道，也是瞭望世界的窗口，因为每一本好书都是作者经验和智慧的结晶。多读书，就像是在跟随智者周游世界，而且是在作者的"向导"下来观赏世界。

读书是一种美德！现代社会，能够在这喧嚣的环境下，不为功利而品读诗书的人，已经越来越少，但真的是难能可贵！这恐怕要归功于家族里书香门第的氛围，这种传承往往是家族文化和信念的传承。

当然，书，犹如朋友，也要慎重选择。若能和几位情投意合的伙伴共同品读，相互交流，则更是一番佳境，不但延伸了书的内容，增强了读书的动力，也使读书变得愉悦而事半功倍。

营口市中心医院读书小组一瞥

13

邂逅暖阳

冬日的早晨，上班的路上，刚驶上高速前引路的拐弯处，一个大大的圆圆的红红的初升的太阳映入眼帘，我的眼前一亮！她是那样灿烂美丽又是那样让人感到亲切和温暖！情不自禁减慢了车速，内心升腾起一种美好的感觉，一种带着感恩的好奇的情愫，甚或还有一点兴奋！全身好像有种柔软的被融化的感觉！

我与红彤彤的美丽的太阳有了一次邂逅！难道不是吗？似乎她把整个世界都暂放在了一边，专门来到这里，一边升起一边微笑地看着我以及北方的一切。我已经好久没有看到这么红这么美的太阳了，也好久没有这种舒服而美好的感觉了，至少我好久没有用心去感受太阳给予我的温暖了。或者，我看不到经常出现的太阳？我都在忙些什么？我来不及去仔细思考，这个东方的红太阳强烈地吸引着我。

我再次减慢了车速，视线舍不得离开那美丽的温暖的太阳。我知道这是我内心于这一刻最真实的需求。我太想就这样停在这里，好好看看她从山的背后慢慢升起的过程；然而，另外一部分的我也深深地知道，这是高速路口，后面马上会有车上来，要注意安全，再说上班也不能迟到。刹那间，我已经做了一个决定：拍下来！伴随着右脚踩刹车的力度一点点加大的同时，我取出手机，将此刻移动中的朝阳定格，同时也记录了那一刻美丽的心情和温暖的感觉。

恋恋不舍地驶上了高速，车内显示零下18摄氏度，也许是因为天气太冷了，那个红彤彤的美丽的暖阳还在我的脑海里浮现，我似乎能看到她热情洋溢的笑脸，温柔而祥和，我的心中有一股惬意的温暖，似乎感受不到了之前的寒冷和忙着赶路的急迫。身体变得越来越轻松而舒服，心情已经完全不一样了，说不准是快乐，还是喜悦，或者是美滋滋？都有吧！思绪也打开了，一个个有感而发的字句蹦跳出来。

天长日久的来回奔波，每天在日出之前和日落之后疲于赶路，往返于此地和彼地，紧张而忙碌地工作着，给自己安排很多的任务，说不累那是在骗人骗己，有时候，真想把自己冰冻起来休息休息。今天太阳的笑脸就像一把火炬点燃了我内在能量的火把，迸发出我的热情、激情和活力。让我思维活跃，思绪奔放，像一下子注入了新的能量，身上从疲累变得轻松然后感觉越来越有力量。

我开始感慨于自己的很多次貌似勇敢的行为，很多次急中生智的机敏，很多次战胜困境的睿智，很多次创造性完成工作的激动和很多次帮助别人后的开心和满足。可能我的内在有一个能量的小金库，需要被点燃，似乎每天努力做事情的目的就是为了点燃那个内在的小金库，让它绽放本来的光彩！就像有一句话说的：给我一点阳光就灿烂！哈哈！想到这里我情不自禁地笑了起来，简直一个精神病状态——自言自语外加自笑！但我知道自己是因为什么，也就是说我的自知力完全良好！嘿嘿！

有时候，人需要片刻癫狂的状态，这种类似于疯的状态会让人感到无限乐趣和自由。就好像在做白日梦或者是冥想。这个过程完全可以打破原来"冰冻

的状态"。

生命中，每一时刻都是一个全新的开始，每一时刻都需要有一些动能，当缺少来自外界的温暖和支持时，难免会出现耗竭的状态，此时，需要进行一下调整，哪怕是晒晒太阳，哪怕是看看窗外的风景，来让生命时刻绽放光彩，鲜活而美丽。别因为昨天的劳累辜负了今天的时光！

每一个黎明都破晓于黑夜，每一个美丽的邂逅都源于你的行走。尼采有一句著名的格言——"爱你的命运"，换言之，就是创造你所热爱的人生。这个世界有很多的美好，但美丽与风景本身无关，而与怎么看待风景有关。你的人生可以由你来创造，遵循你内心的真实感觉，大胆而又小心地尝试，会有意想不到的收获。有时候是内心限制了你，而不是别的。其实，每个人的内心都有一个太阳，她也许是你最亲密的人，也许是你最喜欢的一句话，也许是一个故事……

突然想到，我所做的工作就是在帮助那些内心冰封了许久的人们点燃他们内心的火炬，原来我是火炬手啊！哈哈！动感无限！就这样一边想着，一边默默地在心里写满了这一整篇的文字。这也许就是内在能量被点燃之后的状态吧！

不知不觉中，已到了单位，好了，就胡思乱想到这里吧，一路上我已经给自己的内心加满了油。披挂整齐，举起内心的火炬，带着心中的太阳所给予我的温暖和热情，开始工作喽！

14

享受孤独

每个人都是孤独地来到这个世界，又孤独地离开这个世界。死亡是无法被替代的。正因如此，对很多人来说，孤独是很可怕的！

有时候，孤独的感觉就像一种"活着的死"或"死了的活着"。死亡是一种深层次的恐惧，所以很多人常回避与死亡有关的话题和事物。人们更趋向于群居，在感到孤独寂寞时会邀上朋友一起进行一些活动，尽管有时候和朋友在一起依然感到孤独，其实并不怎么开心！

这个世界上不乏孤独的人。自私自利的人是孤独的，在某个领域的顶尖人物是孤独的，某些特殊岗位的稀缺人才也是孤独的……其实，聚在一起又各怀心事的人，也是孤独的！你或许会发现，当你渴望找个人交谈的时候，真的聚到了一起却又没有谈什么，多数情况下没有深入的思维层面的碰撞。于是，你会发现有些事情是不必告诉别人的，有些事情是不能甚至根本无法告诉别人的，而有些事情即使告诉了别人，你也会后悔。这个世界上的每个人某种程度上都是孤独的。就像周国平说的：孤独是人的宿命，爱和友谊不能把它根除，但可以将它抚慰！因此，能够被共情、被理解的时刻，都是幸福的时刻。然而，除非遇到如心理医生般的知己，身边能经常给予自己深层次理解或自己可以托付心思的关系实在太有限了。那么最好的办法就是静下来，和孤独在一起！

而真正能使自己平静的只有自己。当你能够静下来的时候，你会发现，孤独并不是那么糟糕的事情。与嘈杂相比，一个人生活倒显得自得，甚至可以变成一种享受。或许你会发现你需要那么一段时间，几个月或几年，一个人生

活，更能找到自己的节奏，知道自己想要什么，有一种离自己很近的感觉，更能够和自己在一起。比如：听音乐时，乘地铁时，一个人走时……你会觉得这个世界似乎都成为了你和你自己的背景，你或许能够清晰地听到自己，或许会感受到你并不是孤单的，因为你和自己在一起，还有"孤独"陪伴着。或许还可以有"快乐""舒适"等陪伴着你。

这个世界有很多人和事并不尽如人意，也许你被很多事和很多关系牵绊而感到疲累和苦恼！甚至感到孤独。那么，与其被各种关系裹挟，倒不如拿出时间至少拿出一部分时间，做一个你想要做的人和经营你想要的关系，即便有时候会感到孤独！事实上，更多时候，即便你在关系里，也会感到孤独。没有谁能替代别人进行呼吸、思考、成长和品味人生。每个人都是孤独的。孤独不可怕，可怕的是惧怕孤独。那么，如何解决对孤独的惧怕呢？或许，你可以试着从学会接纳孤独开始。既然难免孤独，那就别逃避而去面对好了；既然生命过程中的多数时日是一个人孤独地进行着的，何不学会享受孤独呢？

并不是说享受孤独就是要刻意避免与人在一起，而是希望你和好朋友在一起是因为交流而非为了避免孤独。事实上，在非深层次的交流中，孤独是一直在的。

当你能够享受孤独的时候，你会发现，那是你有力量的时候。与孤独共处，我们将更了解自己，变得更坦然和淡定，因为更能够接纳自己。因此，孤独是有价值的，价值在于能够跟自己在一起。要知道，很多人一辈子都不能跟自己在一起，那些跟随"从众"心理的人，很难面对自己的真实，不能诚实地面对自己的孤独。能够跟自己在一起时，你已经不惧怕孤独了。孤独是一种沉淀，而孤独沉淀后的思维是清明的。只有当一个人变得有力量去接纳和面对自己时，才能健康地去爱其他人，去照顾和负担其他人，也才能获得真正的快乐和价值感！

记得一个朋友说，只要出发，就能到达，你不出发，就哪也去不了。那么，如果你不能沉下心来，就什么也做不到。

品味孤独是人生的必修课。既然如此，就试着开始学会享受孤独吧！

15

别在困难面前输给自卑

　　大约有六年的时间没有游泳了，除了感慨时间都去哪儿了之外，好像还有点不太敢到深水区游泳了，尽管自己曾经可以一直游两千米不停歇。哎，好汉不提当年勇，好女不提当年美！哈哈，不说玩笑话了，面前的深水区，到底游不游过去？

　　在浅水区游了几圈，找到了久违的感觉，不时地望着深水区"兴叹"！想要游过去的"决心"像钟摆一样在我的内心里来回摇摆。几次想尝试仍是很胆怯！还是先老老实实地在浅水区游吧！这样决定了之后心里踏实了许多。

　　游着游着，突然意识到，水深不是问题，游泳的技能也不是问题，问题是自己心里的"害怕"出来捣鬼。想到这儿之后，心里暗自高兴，告诉自己把害怕揣好，不要让它挡了自己的视线，允许自己害怕并带着这个害怕的感觉，尝试着找到自己的勇气，一点一点地往前小心尝试，一旦感到不行，至少还有水线，安全应该不是问题！

　　六年不做了的事情，不自信了也正常！仔细想想，其实这个"害怕"在帮助我，提醒我要小心，避免危险。人的内在实在是太智慧了！我似乎看到了自己内在有多个不同的自我状态，他们各司其职，在不同的情境下，会有不同的自我状态出来工作，来提醒我这个主人。我默默地喜欢自己内在的这些不同的声音，越发地尊重并感谢内在每一个不同的自我状态，并不断地去觉察和反思，不断地进行内在的调整，使情绪慢慢地平和。专注当下，让自己逐渐找回那种在深水中自由游动的感觉，那种感觉是有身体记忆的！

　　慢慢地，那种在水里面游刃有余的感觉很快就回来了，"害怕"变得越来少，最后不知到哪里去了。

当游过了深水区之后，内心涌起一份喜悦和感动，为自己感动！我又完成了一次自我超越，不是战胜了困难，而是战胜了自己！我对自己说："你是自己的总调，你可以调动自己内在不同的资源。"

虽然这是生活中很小的一件事情，却给了我很多的思考。"深水区"是客观的，它就在那里。"困难"源于你的看法，你觉得那是困难，它就成为了你的困难，你若觉得那不是困难，它可能真的就不是困难了。不同的人或同一个人的不同阶段，在面对困难时会做出不一样的选择。有时候，人因为战胜了自己而解决了困难；有时候，人却因为输给了自卑而陷入了困难。所以，人内在的信念决定了行为和结果。这个内在的信念取决于人生的阅历、对世界的看法以及当下的状态，等等。

当你面对一个困难时，请别忘了，你过往的经历，尤其是过往的经验和体验就是你的资源，就是信心和力量的源泉！自信从来都是通过实践逐步建立起来的。不去实践，永远走不出自卑。很多时候，人不是输给了困难，而是输给了自卑。我在这次游泳的实践中学习到了很多东西，并在这个实践中有了很多内心的成长。成长永远都是从内在开始的，不是有那么一句话吗：鸡蛋从外部打破叫食物，从内部打破叫成长。

勇敢而小心地去实践吧！实践出真知！这句话真是太有道理了！或许你会在实践中发现，你不会在困难面前输给自卑！

16

你会做白日梦吗?

当我疲累的时候,常常主动去做白日梦,努力开发自己的想象力。比如:结束了一上午的工作,满脑子的负性信息,这时候,我会闭上眼睛,舒服地靠在椅子上,在头脑里去搜寻记忆中曾经美好的画面和舒适的感受,尤其是身体上舒适的感受,并回到那个美好的感受之中。

当脑子被塞满了各种各样的信息,无法有效工作的时候,我会想象自己来到了一个郁郁葱葱的竹林或一个清静的小村庄,并在那里住上十天半个月,关掉所有的通信设备,一个人享受孤独和清静!和阳光、土壤、大自然的气息、风、动植物等在一起。渴了,身边就是清澈的泉水。饿了,仰头一望,就会从竹尖处慢慢滑落下一个竹篮,里面有香喷喷的米饭和小鸡炖蘑菇。吃饱了,竹

篮就会升起，慢慢地消失在竹尖处那缕若隐若现的阳光里。然后，坐下来，静静地待上一会儿，感受一下自己的呼吸和新鲜的空气，感受阳光的照射和温暖，为自己按摩一下疲倦的肩膀，跟自己在一起，倾听自己内在的声音，感受自己脉搏的跳动，做几个慢而深的呼吸，一点一点放松自己……

哈哈，即便这只是我的一个白日梦，却也能让我在片刻间感到轻松些许，从烦乱的心境中抽离出来几分钟。仅仅这几分钟就足以令人改换了心境，就像内心被洗过了似的，似乎清理出许多内在的空间，可以继续接纳一些新的信息了。

现代生活，高科技的快速发展，商品琳琅满目，网络发达便捷，人们的生活节奏不断加快，大量的信息充斥着每个人的生活！人们就像一个个高速运转的机器，每天要处理各种各样的信息和事务，眼睛、耳朵、手和大脑都在高速度地辨识和工作。现代很多人，不缺金钱缺时间，不缺物质缺精神，不缺方便缺自由，不缺富裕缺简朴，不缺闹市缺清静。对很多人来说，压力，莫名地持续不断地存在。就好比家庭主妇的家务活，总有做不完的家务等着你。

生活真的就这样进行，一直这样进行下去吗？这样一直下去人会出问题的，比如焦虑抑郁或躯体症状。所以，除了要适应现代科技高速发展的时代步伐外，或许也非常有必要学会在这样快节奏、高速运转的情境下高效率地放松自己，使自己这台"机器"得到适当的歇息和保养。

放下，哪怕是暂时的放下，感受哪怕片刻的清静、放松和自由，无论是身体，还是心灵，都会给自己喘息的机会。如果能定期地进行这样的"保养"，

就会呈现出充满着持续活力的自我状态。其实，学会放松和自我调整，无论对身体健康，还是对心情，以及对生命质量来说都非常重要！甚至可称其为智慧生活的技巧。

在放松的状态里，你可以尽情地去想象，可以去想任何你想想的事，也可以去想任何你想做的事，可以去想象你在现实里根本无法实现的事情，在想象里充分地满足自己！在想象的世界里你可以自由地翱翔或任意地驰骋！总之，你可以在自己的脑子里随便想。

当你的白日梦醒的时候，你会发现你变得轻松了许多，情绪也平稳了很多，或许，你还会发现，你整个人也充满了新的活力。

其实，就如机器的保养是必需的一样，请别忘了"保养"你自己。对自己最好的"保养"，就是进行心身灵全方位的调整和放松。做白日梦可以帮到你，试试便知！

17

故事的疗愈作用

记得小时候，很喜欢听大人讲故事，也非常喜欢看小人书，有时真的很陶醉！现在想起来依然很享受当时那种陶醉和专注的感觉。

其实那是一个被催眠的过程。听故事和看小人书真的让我受益匪浅！而且故事有时候很有疗愈的作用。

细细想来，小时候爱听的故事，都是那些由身边觉得可以信赖或喜欢的人讲的故事。无论他们讲的是什么，都确信无疑。小时候听来的那些故事，即便有的只听一遍，却印象深刻，记忆清晰。这就是催眠的效果。

记得有一次，天很黑了，爸爸还没有下班回家，上了小学的我就不停地瞎想和长出气，担心爸爸会有什么危险，竟然都是往坏处想，还默默地流眼泪。妈妈忙完了晚饭，来到不停地向窗外看还不停地长出气的我身边，跟我说："大女儿长大了，懂事了，惦记爸爸了吧？别担心，爸爸今晚一定会回来的，而且一定会给你们带好吃的！来，妈妈先给你们讲个故事，故事讲完了，爸爸就会回来了。"于是，妈妈边给妹妹解开辫子，边给我们讲起了自己小时候的故事。讲着讲着妈妈就靠在了旁边的被子上，我们姐弟三个人也都依偎在妈妈的怀里。妈妈讲完一个，我们就要妈妈再讲一个。我听得津津有味，若有所思……讲着讲着，爸爸回来了，我们都欢快地跑出去迎接，爸爸一见到我们就高兴地喊："看看爸爸给你们买什么了？"他乐呵呵地亲亲弟弟，又亲亲妹妹，然后拍拍我的肩膀，递给我一包点心，让我带着弟弟妹妹一起进里屋，爸爸果然带回来好多好吃的！我油然而生一种情感，非常强烈地感受到自己如此地爱着

爸爸妈妈，爸爸妈妈又是如此地爱着我们，全家人其乐融融的场面深深地印在了我的脑海里。那一刻，我感到世界很安全，感到家里温暖而幸福！丝毫没有了之前的担心和不开心。

说到这里，其实，这些过去的经历也成了我的故事的一部分。当我寂寞或不开心的时候，我常常去读书，因为书里有故事。或者去想小时候的事情，进入自己经历的故事里，这样我就暂时离开了现实中的寂寞和不开心。当从故事中走出来的时候，我的寂寞和不开心已经不在了。这是另外一种故事的疗愈作用，我叫它自我催眠。

人生中难免会有不开心和烦恼的时候，有时候，情绪就像生病了一样折磨自己及周围的人。然而，情绪和情感都是自己的，只能由自己负责！成长过程中最难的就是战胜自己，很多人因为无法解决自己的烦恼而越发地烦恼甚至痛苦！其实每个人都有资源，别忘了，你的过去就是你的资源，你经历的故事里一定有可以疗愈你的部分。而且，生活中到处都是故事，如果能静下心来，倾听身边的故事，或看一本书，你也会找到自我疗愈的途径。当然，你也可以邀请你的好朋友给你讲故事——如果他愿意的话。

情绪的产生往往与不良认知有关，当然也会随时间的推移而慢慢变淡或增强。当你很难进行自我调整、不想忍受情绪困扰的时候，也可以请专业的心理医生来帮忙，医生会协助你找到资源，或许也会给你讲具有疗愈作用的故事。

18

被爱所充满

很多时候，由于被大量治疗案例所包围，身心会有很大的消耗。在跟着来访者情感思绪的来回转换中，尤其是当接二连三的创伤性案例消耗自己绝大部分的能量、耐力和能担负得起的情感支出时，我真的有被耗竭的感觉！甚至感到心身俱疲。彼时，内心里会时不时冒出这样的念头：这真是世界上最糟糕的工作，整日和心理创伤的人打交道，和悲伤的眼泪及负性情绪一起工作，耗费大量的心血，透支美丽的心情甚至是健康！说实话，心理治疗真的可以比喻成"生命陪伴生命、生命支持和滋养生命的过程"！有时候，感觉自己就像被点燃的蜡烛！谁来照顾这只蜡烛？就像再有力气的人也不能把自己举起来，再厉害的胸外科专家也很难给自己做自己擅长的手术一样，治疗师也需要有人给他"加油"！可是，这个人并不能及时出现，甚至根本找不到这样的人。多数情况下，是一个人累得精疲力尽之后自己喘息下而已。当然，这也是我不断参加各种培训、进行自我体验和接受督导的主要原因和动力。

可是，就像"好了伤疤忘了疼"一样，当来访者"转危为安"，重新找到了他们自己生活的乐趣和希望，重返生活的轨迹时，我又会感觉到自己在从事一份伟大的工作，甚至是一个非常有意义的伟大工程！因为不是什么人都有资格被如此地信任和允许，去和来访者一同走过他内心最深处最柔软最隐秘最疼痛的地方，协助他修通内心深处无法逾越的沟沟坎坎，修复他难以言表的内心苦楚，和他一起完成内在的旅程，共同探索出他看得见并能够在未来到达的光明之路！这有点像被"全权委托"，当然，这个过程也是来访者自己内在加工和修复的过程。但在陪伴他的过程里，我体会到了自己的责任，体会到自己的

被爱所充满

临床心理科 程丹

专业素养和专业能力的重要性！能够根据来访者的切实情况做出适当的调整，与其建立一个良好的充满信任的关系，接纳别人及他本人之前不能接纳的所有部分，提供一个供来访者进行自我修复和促进其疗愈的足够的时间和安全的空间，并协助他找到更多的资源，等等，这些都是难能可贵的，也是我这么多年修炼和要继续提升的部分。实际上，与其说是我帮助了来访者，不如说是我有幸体验到了一个个鲜活生命中的坦诚、能量、资源和自我疗愈的动力、潜能和力量！最终结果是来访者获得了疗愈，与此同时，我也见证了生命的美丽，见证了爱的力量和光辉！

当一个个长大了孩子，在假期里特意赶过来看望我这个曾经陪伴他渡过人生中"沼泽之旅"的治疗师时；当若干年后有人带着喜糖特意来告诉我当年那

个不想上学的娃现在考上了大学的时候；当一对对夫妻带着他们的孩子来和我一起分享，他们原本濒临崩溃的婚姻现如今有多么幸福的时候；当接到一个个电话，得知他们已经能够正常工作、正常睡觉、正常上学，不需要再来做治疗的时候……我感受到了一种满足！感受到了一份喜悦！感受到了自己的力量！也感受到了被爱所充满！被自己的爱和大家的爱所充满！

这个世界充满着爱，你所付出的一定会和你收获的平衡，更何况，你本未曾想得到什么回报！你所给出的爱，远远不如你所得到的爱多，因为你给一个人付出了爱，得到的是那个人全家或更多人的爱！

我，被爱所充满！感谢那些我陪伴过的来访者，感谢你们的信任！被信任是一种得到！被信任也是一种被爱！

19

心灵的彼岸

记得儿子初中时写的一篇文章里有这么一句话："总有那么一瞬，觉得和曾经的自己告别，仿佛站在河对岸看曾经的自己。"

是啊！成长过程中，我们需要时常反观曾经的自己，即便觉得曾经的自己或许有些幼稚，或许有些笨拙，我们都需要不断地觉察自己，接纳自己的过去，并学会不断地和曾经的自己告别，去迎接崭新的自己。

有一个二十多岁的女孩子，诉说自己的苦恼："我很害怕接触新的人和新的事物，因为我觉得那样的话我可能就要和过去的我告别，这对我来说是很痛苦的事情……"，可能在她成长的过程中经历了创伤性事件，对世界会有害怕，或者说可能出现了社会适应性不良的状况。若创伤没有被处理好，她就可能被固着在创伤状态里，走不出自己内心的迷宫，不能和过去告别。这些限制了她的发展，也阻碍了她的成长，无论是外在还是内在，似乎都被捆绑了起来。其实我们都知道，这个世界上唯一不变的就是变。一个人能顺应时代的变化既是一种能力，也是健康的表现。

沉浸在过去的情感旋涡里，就误了今日该走的路和该赏的景。其实并不需要和过去割裂，只要把它好好地安放在自己内心的一个合适的地方，就像安放在心灵的此岸，然后，允许自己大踏步地走向前方，当你到达了一个新的岸边的时候，回眸，或许，你可以发现，原来的"此岸"已经变成"彼岸"，而当下你所站着的地方成了新的此岸。此刻，你或许会缅怀过去，而与此同时，或许你会发现，新的"彼岸"并不仅仅有痛，而且是一道非常美丽的风景！一道你曾经走过的带有你的音容笑貌和心灵成长的动态美景。其实，它会一直伴随着你，永远不会离开，只不过，你可以在需要的时候，随时随地回眸，便能欣赏到你想要看的内心美景。你需要学会的仅是把你曾经的感受、经验、感情、记忆等（曾经的彼岸）在内心的深处找到合适的位置保存好，它们会一直陪伴着你，带给你力量和资源，但不会打扰你现在的步伐。你可以带着心灵中许多许多的彼岸，大踏步地行走在当下的此岸。

当然，你也可以选择不动，只待在一个地方，只要你是快乐的。如果感到不舒服不快乐，可能就需要寻求改变了。动起来，就是一个变化，无论有多大或多小，即便再次回到原点，那其实也已经不一样了，因为已经转了一圈，和待在原地一直不动是不一样的。所谓经历就是财富，说的就是这个道理。人生最难的就是超越和战胜自己！有人说，长时间的原地不动或许是懦夫的表现！我不敢苟同，却也经常反思这句话的不同含义。

生命就是一个过程，无论你愿意还是不愿意，时间总是往前走的，在生命的河流里，你的此岸和彼岸可以满是五彩缤纷的风景，也可以是单色调的雷同图案，都没关系，只要你认真地对待了自己生命的历程，不断地觉察和反思，朝着你希望的方向和向往的地方向前，就好。

常常给自己照照镜子，既接纳自己的过去，也不断在当下修正自己的过去。当你能在心灵的此岸和彼岸之间来回审视自己，就像有另外的一个你在引导、监督和陪伴自己，既能看到自己拥有的"财富"，也能看到自己的不足，还能看到自己的进步，以及未来努力的方向，这样会令你感到心中踏实。

生命的旅途，就像一条线，有时候直，有时候曲，生命也因此而绚丽多彩！有美妙的旋律、动人的故事和美丽的风景！每个人都有其独特的人生线。不必左右彷徨，也不必总是瞻前顾后，带着你一路上所有的经历、智慧、资源、体验和美好的憧憬，认真地走好当下的每一步，你就会描绘出属于你自己的精彩人生线和美丽的生命风景。因为，你和你的生命风景都是独一无二的；因为，每一个当下，你都做到了最好！

20

生命之初秋

　　她，今年45岁，儿子刚刚上了大学，似乎原来忙碌而喧嚣的生活一下子沉静了下来。原来日日盼望的日子终于到来，可以轻松地生活了，可是她总有一点哪里不对劲的感觉，怎么高兴不起来呢？是失落？还是无所适从？不是说等儿子上了大学后自己要做很多事吗？为什么却并不那么迫切地想做了呢？终于可以静下心来好好照顾一下自己了，为何又有些心神不定了呢？

　　有一天，她照镜子仔细观看自己，竟吓了一跳！原来自己已经变得这样老了？眼角已经有了皱纹，乌黑的头发里也藏着些许银发，再看看自己的体态，已经完全找不到印象中自己婀娜的身材了，忽然感到一种惶恐！怎么会变成这个样子？时间都去哪了？！难不成自己的青春就这样一去不复返了？！好遗憾！

似乎还没有来得及尽情享受自己的青春，青春就这样过去了！再想想自己这些年整天忙碌，好像除了上班和陪伴孩子并没有做什么，没有了年轻时喜欢唱歌喜欢旅游的激情，这些既往的激情在不得不放一放的等待里，已经变得无所谓了！甚至消失了！

她坐在沙发上，皱着眉头，目光茫然！忽然，窗外传来几只鸟儿叽叽喳喳的叫声，她循声走过去，打开窗，几只鸟儿在眼前飞走了，映入眼帘的是远处的风景，满眼青黄相间的色彩，展示着一片一片渐趋成熟的诱惑；抬眼望去，晴空万里，恬淡高远！这秋高气爽的感觉令她心情一下子变得舒畅和宁静起来，她长长地舒了一口气，有了一种前所未有的感受：秋天好美啊！伴随着这种感受，思绪也开始活跃起来，许多生命中的故事如过电影一般桩桩件件在脑海中浮现……

忽然，她的眸子一亮，喃喃地说："我不也是处在了生命的初秋吗？生命的初秋不也别有一番美丽吗？在自己生命的季节里，春天过去了，还来不及细品夏天的味道，初秋便悄然来临了。难怪自己有了莫名的惆怅，或许内在智慧已经感受了生命季节的变化！"

是的，每个生命都有其生命的周期，如果说人的生命也有春夏秋冬的话，那么，像她这个年纪，正是将进入秋天的季节。也许是因为她在过去的一些年里，把太多的精力都用在了孩子身上，还来不及享受青春的尾巴，叫生命的盛夏就将过去了所带来的失落吧！虽然还没准备好，但生命的初秋已经到来了，那就请好好珍惜当下的时节，别再错过这独特而又异常美丽的秋季！秋天是一个成熟的季节，生命之初秋的成熟女人该是最有味道的！秋天是一个收获的季

节，生命中的秋天该是女人最富有的季节！秋天是一个美丽的季节，处于生命之秋的女人是风韵犹存和美丽通透的！处在生命的初秋季节，似乎也正在一个渐趋成熟的过程里。何不活在当下？感受这个成熟的过程，享受这个收获季节中的美丽和成熟！

在这个生命之初秋的季节，爱好的转换，生活方式的变换，某些感悟的结晶，都是表达这个独特季节的具体形态。在这个季节，生活节奏似乎变慢一点觉得更舒服一些，在清凉的秋晨或火红的夕阳下随意无拘地散步，似乎是很多人的爱好。边散步边看风景边胡思乱想的感觉想必很多人都很熟悉，这种边散步边思考其实也是一种乐在其中的享受，尤其是独自散步的时候。

沉思是人生初秋的另一大特征。生命到了初秋季节的人们会将很多激情转向了沉思。沉思是生命内在力量的显示，沉思后的结晶是一种内在智慧和潜能的外化。在这个人生阶段，人们隐约感觉到生命的使命感，觉知到工作是生命的一种形式，很多处于生命初秋的人更珍惜也更认真地对待自己的工作。

到了人生的初秋，过往所有的知识、阅历、经验积累都归到生命的智慧中，它们就像五彩缤纷的颜色，呈现在每个人的生命里，灿烂而绚丽。尽管处在这个时期的人们，依然需要去完善自己，更接地气地去生活，活出真实的自己，和真实的世界接触，并融入到其中，但不必过于匆匆地赶路，可以享受一下这澄澈如秋水的生存状态，可以尽情而全然地去感受这生命中最高峰值时期的精彩体验！或许您已经打算好了在自己生命的秋天里增添一些新的颜色和一些独特而绚丽的风景！那么，就请尽情地去做吧！

工作情商篇

● 不必刻意做善事，只要时刻提醒自己不要做不道德的事就好，内心就会越来越平静，社会会因每个人的觉知而更加和谐，生活会因每个人的反省而更加美好！

● 在任何一个集体里，当一个人有了变化，一定会给整个团体带来扰动。能在一个高情商的集体里工作是一件令人愉悦、高效而又幸福的事。

● 这是一个很多人都在追求成长的时代，你不成长，没人会等你！

● 今天你做的每一件看似平凡的努力都是在为你的未来积累能量，今天你所经历的每一次付出，都是你未来快乐的资本！

● 语言，它既可以治病，也可以致病。说话是一门艺术，说话是要注意温度的。

1

精神的按摩——心理咨询和治疗

随着社会的进步，人们面临的心理问题对自身生存的威胁，将远远大于一直困扰我们的生理疾病。这无疑使我们注意到这样一个事实：将来人们看心理门诊将是一件很平常的事情。许多曾接受过咨询和治疗的人士也深有体会地认为，心理治疗和心理咨询是现代人必不可少的最美妙的一种精神按摩方式，它

能使人的心理产生面对海洋和平原那样的豁然开朗、神清气爽和舒适平和的感觉，提升人的理解力和进取心，使人变得善解人意、充满激情。这种精神的按摩在欧洲，是人们享受的最高级的按摩形式。然而，有相当大的一部分人还不能认识到这一点，不少人对心理治疗和咨询心存疑虑：心理咨询和治疗管用吗？哪些情况需要看心理医生？怎么看心理门诊？

药物对躯体疾病的治疗作用已被人们充分认可，就像众所周知的解热镇痛类药物可以退热，抗生素能够消炎一样。那么，"心病"有"心药"吗？回答是肯定的。那就是心理治疗与咨询。

心理治疗与咨询过程不是什么高谈阔论的演讲，也不是深奥未及的知识性讲座，心理医生更不是万能钥匙。有的求治者把自己的心理问题当成自己难以开启的锁，认为心理医生应该完全能够打开这把锁。然而，结果并不像期望的那样，心理治疗与咨询对有些人有效，而对某些人则可能效用不大甚至无效。究其原因，这与来访者的诸多因素有关——

首先取决于来访者的求治愿望的高低，这直接影响他能否与心理医生建立起良好的互动关系。比如，有的人抱着试试看的心理来看心理医生，没有将心理问题全盘托出，尤其是难以启齿的问题，常常是"犹抱琵琶半遮面"，使得心理医生难以明晰问题的要害，评估和诊断不明确，更何谈疗效呢？另外，心理治疗与咨询一般不可能一次就解决全部问题，大多需进行数次，有些人试了一次，觉得没有多大收获便终止了，以致半途而废。因此，求治者的求治动机和愿望很重要。如果求治者在某一方面并不想求得帮助，或者是自己停止了来访，那么，即便心理医生再高明也无济于事。

其二，与来访者的领悟力有关。领悟可为来访者改变其外在行为提供心理依据，从而产生强大的彻底解决自己问题的动机。人的领悟力各有不同。领悟力好的来访者，可以说是一点就透，此时，来访者的问题虽然可能仍然存在，但他已经开始有所改变了；而领悟力差的来访者，在心理医生帮他重新审视自己内心与问题有关的"情结"时，难以达到一定程度的领悟，当然很难见效；对于领悟慢的人，则需多次治疗才能显效。

其三，与来访者的认识有关。有的人遇到一时难以取舍的事情，就希望心理医生帮他做决定。比如一青年人，同时有两家条件差不多的单位都想录用他，便想请心理医生告诉他该选哪一个。这种情况下，心理医生能做的是和他一起探讨和分析，帮助他去了解自己内心里真正的需要是什么，然后，最终由他自己做出决定。结果，那位青年便认为心理咨询没用。其实他不知道，心理治疗与咨询过程是帮助他打开犹豫不定的心理症结，提高他做决定的能力，而心理医生是无论如何都难以越俎代庖的。因为做什么样的决定是来访者的职责，心理医生的职责是帮助来访者学会聪明地做决定。

其四，与心理问题的内涵有关。比如有的来访者想要改变的是特定的外在环境，心理医生不可能改变来访者的工资待遇和住房条件等方面问题，能做的是帮助来访者客观地看待事情，根据现实情况做出相应的心态调整，增强其自强的信心，从而促使其自行改善和解决各方面的问题。

哪些情况需要看心理医生？

并非任何与心理有关的问题都可以通过心理治疗与咨询获得满意的解决。例如：处于发作期、症状期的精神病人，由于缺乏自知力、自制力，难以建立人际关系，故不适合作心理治疗与咨询。但恢复期和康复期的患者却可从心理治疗与咨询中获益。一般说来，心因性障碍、神经症、行为障碍、心身疾病等是心理治疗与咨询的范围。尤其与心理社会因素有关的各种适应不良、情绪调节障碍、心理发展问题等更是适合心理治疗与咨询的领域。换言之，当人们感到忧郁、不愉快，或不能控制自己的某种情绪或行为时，应及时看心理门诊，因为我们知道，心理和生理是相辅相成的，心理问题如果不能在短时间内解决，就可能引发躯体疾病。举个简单的例子：上火后容易感冒，就是由于焦虑可使机体免疫力降低。总之，无论什么人，只要在心理方面出了问题，尤其在发生意外事件、精神刺激、心理创伤、人际矛盾的情况下，心理医生可以助其一臂之力。

怎么看心理门诊？

看"心病"不像看感冒、腹泻等生理疾病那样一步到位，一般分为以下三个阶段（此三个阶段可在一次谈话中完成，也可能在多次治疗中完成）。

首先，建立良好的咨访关系。在一定的专业设置下，心理医生将同来访者建立起真诚和信任的咨访关系。在这种安全的氛围下，心理医生从专业的角度，以抱持和中立的态度陪伴来访者一起就来访者的困扰进行探索，以便对问题获得一个清晰的概念和感受。为此，来访者要设法讲清自己的困扰及其涉及的事实、情感与行为等。

其次，是澄清目标。心理医生在前一阶段工作的基础上，针对关键的问题与来访者做进一步的讨论。最终达成一个来访者最想解决的现实的目标。很多时候，来访者仅仅知道自己有困惑需要得到帮助，但往往并不是很清楚自己最想解决的问题在哪里；有的来访者刚来进行咨询时被强烈的情绪所羁绊，并不能理性思考自己的求助目标是什么；还有的来访者会有很多个咨询目标，但不知道哪一个是自己最急于解决的目标。所以，心理医生会在咨询之初和来访者探讨和明确咨询目标，这是有效工作的前提。

接下来便是领悟和"对症下药"阶段。此时，心理医生会同来访者说明自己的评估和反馈意见，提供可行的方案，和来访者交流和探讨，选择治疗的方法，制定治疗的步骤，促进来访者在获得领悟的基础上有效处理情绪和解决困扰。当然，这并不是一个简单的过程，有时候，需要很多次的工作才行。

有了上述三个阶段的互动与配合，来访者才会有"不虚此行"的感觉，获得一种前所未有的新的体验，从而获得持久的解决问题的能力。

另外，为达到心理治疗与咨询的最佳效果，来访者还有一些事项值得注意：

（1）不要等到心理问题严重或成堆了才想到看心理医生，要在问题还不严重的时候就想办法去解决。

（2）相信心理医生对你的隐私会绝对保密（当然，保密例外除外）。真诚地对待自己和心理医生是心理医生能够帮你解决心理问题的前提。

（3）不必过于关注自我表现与形象。因为求医不是求职，你应该尽量地放松自己。把精力集中在问题的澄清、领悟上，做好与医生的配合。

（4）不要希望一次咨询或治疗就能根治您的"心病"。"心病"的治疗需要

一个过程，对于较为严重的心理病症，少说也要3~5次，有的患者可能还要更多时间或需配合药物进行治疗。

有句话说得好：智者当借力而行。其实，心理咨询与治疗也是一种资源，需要的时候用上一把，可以改善您的情绪，开发您的潜能，促进您的发展，造福您的生活。思想和观念决定了人的行为，行为决定了结果，结果决定了命运。当您选择了婚姻的伴侣，您的生活就会受到他（她）的思想品德、道德观念、行为举止、生活习惯的感染和影响；当您选择了一份职业，您就会在这个行业里拼搏、奉献、驰骋；当您选择了心理咨询与治疗，选择了合适的心理医生，您将快步走上摆脱烦恼、奔赴快乐的阳光之路。

此时的您有烦恼吗？如果有，还等什么呢？面对心灵的困扰和精神的按摩，您是选择痛苦还是舒适呢？聪明的您一定会选择当一名智者。

2

相由心生

应门诊陈桂岩书记邀请，我到急诊病房给急诊科的医护人员做集体心理减压。急诊科的工作特点很特殊，急、危、重、杂！所以，对医护人员的要求非常高，要快、稳、准、精！众所周知或可想而知，在急诊科工作是很不容易的，尤其是面对病人及家属伴有焦虑的情绪和急迫的心情时，更要求医护人员要有较高的心理素质，有良好的沟通能力和处理情绪的能力。在与急诊科的同事们进行心理压力管理交流的这个过程里，我也有了一些新的收获。

收获在于，在和急诊病房的同事们互动的那一刻，我再一次感受到了什么叫相由心生，即所有外显行为都是内在心理的呈现。

我的经验告诉我，能够在一个集体里诉说自己的压力，说明在诉说者心中，这是一个安全的集体。说出压力本身就在减压。

有一个漂亮的护士说，自己可以面对患者及家属耐心细致地回答同一个问题两次，当对方就同一个问题问第三次、第四次的时候心里就会有烦躁情绪，也许这时候的面部表情就会不一样，很担心会与患者吵起来。

为什么我们能耐心细致地做到两次，而做不到第三次呢？这其实有很多的原因。比如：当我们只是想把工作做好，而不是真正无私地为"对方的所有需要"着想的时候，我们是在以"自己的需要"来做，"耐心细致地面对患者及其家属"是我们脑子里对自己的要求，但能否做到，既是能力层面的事情，更是态度层面的。当"对方的需要"已经超出了"我们的需要"的时候，我们就很难做得更好了！假如真正地去为对方着想，只要他不明白，我们就会耐心地去做，直到他明白了，我们才觉得开心。这种情况下，即便我们做的未必都足

够好，但我们会尽心尽力地去做，态度始终是一致的。能做到耐心回答两次，说明已经有了想好好做工作的愿望，但想到和做得到还是有相当大的距离的。而只有从心底里愿意把患者当作亲人来对待、全心全意为患者服务的时候，我们才可能做到百问不厌以及悉心照顾。正所谓：意识层面非常想做好，而潜意识层面并没有达到。

有时候，只有我们先了解和理解了自己，才能很好地理解对方。

如果我们不知道对方到底想要什么？我们就无法给予，结果对方当然是不会满意的。当我们面对不同的病人和家属，无论在专业技术上还是沟通技能上，心里都相对有底的时候，我们就会很少有焦虑，这时候，展现在病人及家属面前的是一个让人感到信任的医生或护士。相由心生，当我们心中总是对患者有防备的时候，那份情绪也会写在脸上，并表现在言语及非言语信息中。

当我们做不到视患者如亲人的时候，也没必要强求自己做到，因为强求自己只会徒增一份焦虑。情绪本身并无好坏，而如何处理我们的情绪才是重要的！虽然"我们的需要"没有达到视患者如亲人的程度，但可否尝试一下不让自己"气大伤身"呢？现行体制和大环境下，医护人员的服务工作及医院的管理工作都不是一件轻松容易的事，尤其是处理急危重病人的重要岗位的医护人员。所以，医务工作者不但要学好专业的本领，掌握扎实的理论基础和实践技能，也要了解病人和家属的心理特点以及如何与不同病人沟通的技能，同时也要学会自我心态的调整。要学会看"相"，从患者的"相"中去探寻他的需要，从自己的"相"中去觉察自己。当我们能更客观地看待自己及对方的时候，我们会更有办法处理好医患关系，从而能够尽最大可能地做好本职工作！中国有句俗话：熟能生巧！如果能在工作中不断地觉察、完善自己，使自己不断成长，相信工作也会做得越来越得心应手！

相由心生，所有外显行为都是内在心理的呈现。这不仅仅是在医患关系中，在其他的关系里亦如此。

3

被来访者感动的时刻

"祝大夫，我看到您一直在忙，您要不要休息一下后，我们再聊？"这是一位初次来诊的中年女人，因为没有预约，她一直在门外等候了两个多小时。"我刚才之所以敲门，是因为在我的印象里，您就没有过了预约时间还不开门的时候，所以刚才我非常担心您的安全问题，猜想是否您遇上了精神有问题的人？我情不自禁地敲了门，我的做法是不是干扰了您刚才的治疗？"这是一位一直来这里治疗三年多的年轻姑娘对我的关心……说心里话，每当听到这样的声音，我都会很感动！

还有许多让我感动的，那些亲手制作的贺卡，亲笔写的感谢信，以及自己家里生产的农副产品，大老远拿到这里……这些都让我很感动！贺卡和感谢信是可以留的，而其他东西都被我婉言拒绝了，我知道那是一份真心真意，那也是一份正常情况下难以拒绝的礼物。我的拒绝可能对于来访者及其家属来说也是一份不舒服的体验，尽管我做了很多真诚的解释工作。然而，就因为我们是治疗关系，一旦突破了界限，后果之一：治疗师很难站在客观的角度去感受和看待来访者的问题，那样，可能难以真正帮到对方。另外，也容易使治疗脱离了设置的安全保护，因为在心理治疗工作中，最大的权威不是专家，而是设置。但无论如何，很多来访者各种真诚而质朴的表达——无论什么方式，我能感受到那份诚心诚意，真的很感动！

而最让我感动的是，每一个来访者来到心理门诊，都是非常有勇气的。要知道在现阶段，很多人对看心理医生这件事，还是心存顾虑的，尤其是小城市的人们，很多人担心会被人笑话。心理门诊的来访者要有勇气面对挂号、交费，有勇气暴露自己的内心和面对自己的痛苦。在治疗期间，来访者既要面对自己的情绪，又要不断地去思考，去检视自己行为的后果，要和治疗师一起探索问题的根源、可利用的资源和解决之道，还要在现实生活中不断尝试突破既往的局限。那是一项艰辛的、令人不快甚至恐惧的工作或体验过程。我时常被他们的勇敢感动着！

我时常在内心里真诚地感谢我所有的来访者，是他们对我的信任，勇敢地在我面前打开他们封闭已久的心门，和我一起分享他们的心路历程，让我得以看到一个个灿烂的人生、深刻的人性和生命的力量！一次次让我为人类在巨大的苦难中所爆发的适应能力，以及之后所展现的伟大的自我痊愈能力所折服！

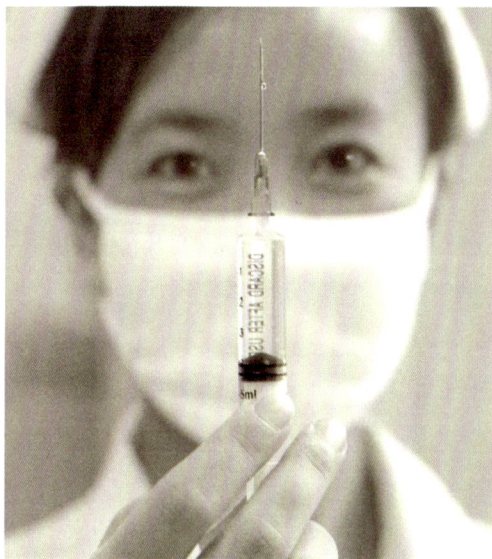

4

笑

午饭后，姐姐们摇呼啦圈，每个人都有每个人的特点，爆发型的，温柔型的，"抽筋"型的……看着彼此的动作和表情，大家笑得前仰后合，有的笑得肚子疼了，有的笑得直流泪，有的笑得脸颊疼，笑得摇不下去了，最后只剩下笑了！

其实，大笑也是一项很好的运动，当我们开怀大笑时，身体内的每一个器官都会因此而产生连锁反应，能调动身体内潜在的活力，获得愉悦感，收效极佳。因为大笑，我们的呼吸加速，从而使得我们的胸腔内横膈膜得到充分的伸展、颈部、腹部、脸部以及肩膀处的肌肉也因而得到了锻炼。与此同时，大笑会让我们吸入更多的氧气，增加血液中的含氧量，促进血液循环，加快疾病的痊愈。还可以促进血管的伸张，使其接近皮肤的表层。这就是为什么当我们大笑，脸就会变红。同时，大笑还可以减慢心脏跳动的速度，扩张血管，增进食欲，燃烧脂肪，从而达到减肥和美容的效果。每当我们大笑，身体内就会分泌一种类似"止痛剂"的物质，也就是"内啡肽"，它会让我们有一种愉悦感，同时有止痛、镇静

的功效，还可以帮助我们加强免疫系统的功能，使我们少生病，并让我们保持乐观的情绪。当笑完之后，你会发现通体舒泰，似乎有一股气流把你从头顶到脚心打通了一般，非常舒服。那些不好的情绪也会暂时被放在一边，健康水平就在笑声中改善和提高了。

笑是人类与他人交流的最古老的方式之一，我们中的每一个人早在学会说话之前就掌握了这门技巧。我们都会笑，但并不是所有人都知道笑的诸多好处。研究发现，每笑一声，从面部到腹部约有80块肌肉参与运动。笑100次，对心脏的血液循环和肺功能的锻炼，相当于划船10分钟的效果。但是因种种原因，当人到成年，每天平均只笑15次，比孩童时代每天笑400次左右少很多，对健康来说，这是一份令人遗憾的损失。

笑虽然不用花钱买，但也需要"投资"。比如，经常和喜欢笑的人交往。因为常和爱笑的人相处，就会受到感染。还有，尽可能去欣赏喜剧、相声之类让人发笑的艺术，使自己多笑几声。另外，不要忽视假笑，"假作真时假亦真"。一位心理学家这样说："只要你能把假看作真，那么真心诚意的笑将跟随而来，几乎可以起到和真笑同样的效果。"是的，身心是相辅相成相互影响的，行为也会改变心情的。

常常微笑的人，不仅会获得好的心情和好的状态，也会改善人际关系，因为人们往往喜欢和心情愉悦的人在一起，很少有人愿意和整天愁眉苦脸的人在一起，那会让人感到压抑。常常微笑就像磁铁似的，吸引周围的人。那些带着友好笑容的人也会得到很多人"微笑"的回应。所以，笑，是一种资本。

笑有时候也作为一种心理冲突的消除方式出现。人在顺境时容易笑，但在遭遇逆境时，却很难笑得出来。然而，最该笑的时候，正是在遭遇逆境的时候啊！笑，是你向逆境挑战的最佳武器，而且你在任何时候都可拿出来用。

笑的好处可真多啊！那么，就经常努力地让自己笑一笑，让嘴角上翘一下吧！你会有不一样的感觉和收获！

5

这个不能告诉您

"早上好！主任。"

"早上好！祝丹。"

"您上次介绍的家庭，治疗四次后有所好转，没再来。"

"他们家到底是谁有毛病？是孩子？还是大人？"

"很抱歉，这个不能告诉您……"

常常有本院的同事或认识的朋友介绍他们的朋友或熟人来心理科治疗。之后，也常常会问及所介绍的家庭或个人的情况，有的是出于关心，有的是出于好奇……

心理治疗有几个原则，首先就是保密原则。其次是缴费原则，还有时间限定、关系限定等原则。这些原则，也就是心理治疗中的设置，保证了心理治疗的有效进行。可能很多人还不理解为什么设置就那么重要呢？以外科手术为例，严格的消毒原则，是手术能够顺利进行和保障成功的前提。离开了严格的消毒程序，再高明的外科医生也难以保证手术治疗的成功，甚至不但不可能成功，反而造成了对患者的伤害。那么，就像外科手术中的消毒程序是手术治疗的一部分一样，心理治疗中的保密、交费、限时、关系限定及中立等原则也是心理治疗中不可或缺和分割的一部分。保密是心理治疗能够顺利进行和取得疗效的最基本的前提。

很感谢同事及朋友们的信任，把好朋友介绍到我院心理科，正是出于对您及您的重要朋友的尊重，治疗中遵守保密等原则才显得尤为重要。所以，面对您的关心或好奇，请谅解，我只能说：这个不能告诉您。

6

美丽的身影

我的办公室在门诊中间走廊的一端，无论上下班，去病房会诊，或是去洗手间，都要路过走廊两侧很多个诊室，路过导诊台和门诊部，每每路过，常常被一些映入眼帘的画面所吸引和打动，尤其是门诊部。

因为绝大多数时间，来门诊部的人是络绎不绝的，所以门诊部的门常常是随开随关，或半开着，因此，看见门诊部那扇门里面的画面和身影的时刻和机会就相对更多一些。

透过那扇门，常常能看到或感知到一些美好的东西，而感官能感受到的美好，会促使人更愿意探寻那些曾经的感受，因而，每当路过这扇门，我都会情不自禁地往门里面望去。微笑的面容，和蔼的语声，灵活的动作，美丽的身影，这些能感知到的生动的画面常常伴着我从走廊的一头走到另一头——我的办公室。然后，带着这些美好的感受，开始一天繁忙的工作，这些感受也在我的工作中发挥着作用，因为我希望那些美好的画面也在我的诊室里继续。这样几年下来，给我的感觉是：有困难找门诊部，门诊部那个门里是一个温暖的和谐的地方。

今年正月十五中午，门诊部三员老将，各忙各的工作，那态度的谦和，动作的娴熟，工作的认真，服务的周到，合作的默契，在举手投足间，在待人接物的过程里，展现得淋漓尽致，令人钦佩不已。

在平时的日子里，门诊部不仅是严肃办公的部门，同时也是梳理患者情绪的港湾；不仅在办公室里办公和服务，也在办公室外疏导和协调；不仅是很多部门的枢纽地，也是门诊员工的心理放松地。门诊部的工作，使很多纠纷和误

会消灭在萌芽中。

　　真想把这些美丽的画面定格，把灵动的身影永存，存在我的记忆库里。记忆里门诊部那几位综合素质很高、沟通合作能力很强的姐姐们的身影将会成为我内在的资源和滋养。感谢每天能看到这美丽的身影，令人赏心悦目。

　　像门诊部那扇门里面的美丽的画面和风景，其实在我院随处可见，其实就在你的身边，重要的是看到。

　　此刻的你，正在阅读的你，有没有看到，你的身影也很美丽？

7

医疗服务的系统式思维

2016年5月，我有幸被邀请作为中德心理健康服务系统式思维和技能培训的中方助教参与了对全国近80名学员的教学工作。这对我来说，又是一个学习的机会，不仅从德国老师那里学习到了很多关于健康服务的理念，也在参与教学的过程中有了很多新的思考。

医务人员既是医疗与精神卫生服务的提供者，也是受益者，但有时也是"受害者"。临床上精神医学问题无处不在，无论精神卫生专科医院、综合医院还是社区医院，所有医疗机构的医务人员随时都可能面对患者的心理健康问题，均负有精神卫生工作责任；同时，医务人员由于职业的特殊性，也是心理问题的高危人群，也需要心理健康服务。如果这两方面得不到足够重视，极易引发医患矛盾，导致医疗纠纷。

受系统思想影响而发展起来的生物-心理-社会医学模式，要求理解医患之间的互动过程。互动包括助人者对求助者的影响，同时强调求助者、助人过程对助人者产生的各种积极和消极的影响。医务人员作为助人者，如果不注意生物医学以外的因素对医患双方的影响，不仅容易成为粗鲁莽撞的"工匠"，无意中伤害自己的服务对象，而且会在漫长的医务工作生涯中使自己受到有害职业因素的侵蚀和损害。

因此，在医疗实践中学习运用系统式的思维，不仅能系统地理解疾病的发生、发展、转归和疗愈的多维度多层面因素，能够与个体、家庭、医疗机构、社会文化环境等整个系统工作，充分利用现有的个人、单位、社区、国家的有利资源及其他疾病诊疗过程中的多方资源，为患者提供最优化的咨询、陪伴和

支持，从而既达到病人身心的全面康复，又充分调动家属、单位及社会有关方面的资源，而且能促进医疗人员的工作有的放矢，提高工作效率，减少职业倦怠感，提升工作的幸福指数。因此，医疗工作人员学习系统式思维和技能，以系统观来理解和处理疾病，不仅有助于工作中对疾病的诊疗，提升服务质量，而且也促进医疗人员自身的思考与成长，提升应对压力的能力，从而更好地工作和生活。换言之，运用系统观可以帮助我们关照到系统中的每一个人和每一个互动过程。

我们都知道，身心是相辅相成的，综合医院的患者虽多数不是以精神问题为主诉就诊，但往往因躯体病患而伴有明显的心理症状，所以，这样一个系统式的理念同样适用于综合医院。尤其是在提供高质量的身心整体服务上，会从很多不一样的新的视角来进行工作。比如，让患者及家属理解到疾病的心理、社会因素在疾病发生、发展中的重要性，辅助于生物性治疗而发挥更好的作用；在与社区医院进行合作方面也具有很大的指导性，比如，一些在大医院进行救治的患者，疾病康复中的巩固治疗或出院后的用药指导，可以在社区医院方便、快捷地进行。

"有时去治愈，常常去帮助，总是去安慰"，这是美国医生爱德华·特鲁多的墓志铭。这三句话既道出了医学的局限性，又强调了医者的职业态度，也传递着医学人文的真谛。治疗、帮助与安慰必须同步进行，对于许多慢性病、恶性肿瘤病人而言，后两者的意义更为重要。医护人员除了专业上的知识外，并不比患者和家属更了解患者本人，从人本主义和系统式思维的观点来看，我们可以提供或帮助患者找到疗愈的途径和资源，而很多情况下真正起到疗愈作用的往往是患者本人及其家属。比如，糖尿病病人，医生能起到的作用是给出诊断、用药指导和注意事项等指导意见，而生活起居和饮食习惯等方面的调整需要日常的坚持和把握，这是医生无法替代的。

系统式思维模式和现代医学模式的转变，让医者越来越谦卑，让每一个人更加客观理性地看待疾病。患者既要真诚地与医生合作，又要充分发挥自己的作用，积极地寻求自身的资源，主动参与配合治疗。医生既要尽职尽责，也要充分认识到患者及家属是非常重要的资源，虽然他们不是医疗专家，但他们是了解患者自身及其方方面面情况的专家。医者不仅要做诊疗的专家，更要成为沟通和建立和谐医患关系的专家，要运用技巧妥善处理患者因病而伴发的情绪等问题。因为医患是合作关系，要共同面对的是疾病和困难。就让我们共同努力，多方合作，一起打造和谐的医疗环境，让更多的人享有健康！

8

道德与疾病

　　很多时候，"道德"和"法律"只是一个谱系中的不同位点，人们更畏惧和规避法律，然而，很多心理疾病的发生是与"不道德"有关的。因为有时候，即便人们的行为没有触犯法律，却有悖道德，也会对他人造成影响，这会在某种程度上引起当事人的不安。

　　比如，司机本可以用十分钟时间载乘客到目的地，却用了二十分钟，司机心里就会有不安；供应商把不能吃的东西做成食品卖给消费者，供应商的心里会偶有自我谴责并寻求上帝的宽恕；当法官不能公正执法时，也会有睡不着觉等良心受到自我谴责的煎熬；当医生不能恪守医德，也会内心有惴惴不安隐隐作乱；当父母不能尽职尽责做好父母而让孩子的成长受到阻碍的时候，父母内心会有强烈的自责和内疚；当你无法管理你的情绪，向无辜的人发脾气，过后，你很可能会后悔、内疚和心烦意乱等等。

　　触犯法律，会有相应的惩罚。但很多人的行为不够触犯法律，而是钻了法律的空子，自以为占便宜了，自以为别人不知道，自以为无所谓，但实际上这些行为已为"疾病"埋下了隐患，因为人生最大的惩罚不是来自外界的，而是内疚和自责，尤其是无法言说的内疚情绪，它会将人带入心灵的深渊。于是乎，产生了各种各样的心理症状，甚至伴有严重的躯体症状，但很多人并不知道自己是因为什么而出现了这些症状。难怪很多人不愿意看心理医生，可能冥冥中感受到了在与心理医生访谈的过程里要面对内心深处的自己，这对很多人来说是有困难的。

　　没有人能逃过良心的自我谴责，除非这个人没有任何反省和成长。然而，不觉察不成长本身就是不道德的，甚至是在行恶！也为心理疾病的发生埋下了伏笔。有一种健康叫作道德健康，道德不健康最终会导致心理疾病和身体疾病，说的就是这个道理。

其实，不必刻意做善事，只要时刻提醒自己不要做不道德的事就好，内心就会越来越平静，社会会因每个人的觉知而更加和谐，生活会因每个人的反省而更加美好！

预防心理疾病，从自己的行为开始，从自己的觉知开始。

9

工作中的情商

20世纪90年代之前，人们认为高智商是成功的第一要求，那是一个认为智商卓越就代表着生活成功的时代。1990年，美国的心理学家提出了"情商"的概念，给成功的因素带来了新的思考，在世界范围内就形成了一次浪潮。很多国家都开始注重情商，不同国家的成千上万所学校都开展了提供社会和情感学习的课程。有数据显示，情商的学习在学术成就的取得上带来了很大的益处。

随后，情商对商业界的影响也被发现了。很多跨国公司很早就已经把情商作为员工招聘、升职和发展的常规考虑因素。于是，工作的规则发生了变化，人们被新的标准所评判：不仅仅是我们有多聪明，或者是受训经历和专业性，同时也会从我们如何处理好自己和与他人的关系上来考量。比如：选择谁被录用，谁被淘汰，谁需要被请离，谁会留下，谁过关，谁升职。新的测量方式认为：如果一个人智商够高，那么知道如何工作就是理所当然的，比如主动性、同理心、适应性和说服力等，这些就是情商的部分。

美国的一项研究结果表明，会赚钱的积极的负责人或员工有以下一些特质：①情商比智商和技能重要两倍；②拥有较高情商的领导者比情商较低的领导者为公司多创造15%~20%的净利润；③大公司招聘时最受追捧的新员工的5个品质中，有3个与情商有关：自信、主动性与好的社交技能。

在医疗工作中，这个概念正符合了现代医学模式——生物-心理-社会医学模式——的理念。增加对患者及家属的心理和生活背景的关注，而不仅仅就生物性诊疗的技能来陪伴和帮助患者，这就是在医疗系统工作中的情商的一部分。

什么叫情商呢？情商（EQ）又称情绪智力。它主要是指人在情绪、情感、意志、耐受挫折等方面的品质。情商有五个维度：自我觉察力、自控力、内在的动力、共情的能力、社交技能。基于这五个维度，医生可能不能仅局限于在专业领域方面去面对服务对象，而更需要在心理及社会层面有所考虑，在现实层面给予患者最实惠的帮助，需要灵活运用医患双方的资源共同解决所面临的困难，而不是一味地机械地处理。比如：一盒价格不菲的药，也许在医生看来是药效最好的，但对于一个经济上拮据的家庭真的就是最好的吗？也许会使家庭陷入一个新的困难里。

高情商的工作，也许就是能够灵活地发现并调动多方的资源而不教条；也许就是善于进行自我觉察而带来改变；也许就是管理好自己的压力和情绪而能将感性和理性很好结合地进行工作；也许就是能够站在对方的角度上客

观中立地考虑和处理事情；也许就是能够清晰而准确地表达自己的想法……

情商的先天因素很少，大多是后天学习的。所以，多参与工作实践并不断觉察自己，或者在集体中进行相互反馈，促进彼此觉察，那将是一个充满正能量的高情商集体。在任何一个集体里，当一个人有了变化，一定会给整个团体带来扰动。能在一个高情商的集体里工作是一件令人愉悦、高效而又幸福的事。能在一个高情商的医院里就医是一个令人感到舒适、安全而放心的疗愈过程。

10

安逸中的折磨

有一位女士四十多岁，原来工作忙碌，一直渴望自己能轻松些，没想到真的有一个调动的机会，于是她选择了一个轻松的岗位。开始的一年，生活有滋有味，幸福地觉得自己做了一个正确的选择，在一个轻松没有压力的工作岗位上真是太幸运了，每天喝茶看书，有时间去锻炼身体，也有时间去做美容……

但一年后，每天这样的生活让她觉得没意思了，而且她原来的朋友们都还在忙着，除了羡慕她轻松之外，大家都没有太多的时间陪她，她越来越感觉孤独，越来越觉得生活无聊，但现在的她已经无法再适应原先那种忙碌的生活了。就像很多人说的"累的干不了，轻松的又不爱干了"。现在她常说："真不喜欢过这种闲得无聊的日子！"

有一位男士不到四十岁，是银行的职员，他的工作就是每天守着单位那几台机器，不能离开岗位半步，工作的场所还有监控录像，每天坐在那里常有被捆绑的感觉，觉得自己一身的武功不得施展，研究生的学历却当成一个操作工来用，简直就是浪费自己的生命。换一个工作吧，又觉得会有风险，毕竟很多人羡慕自己现在的工作呢！

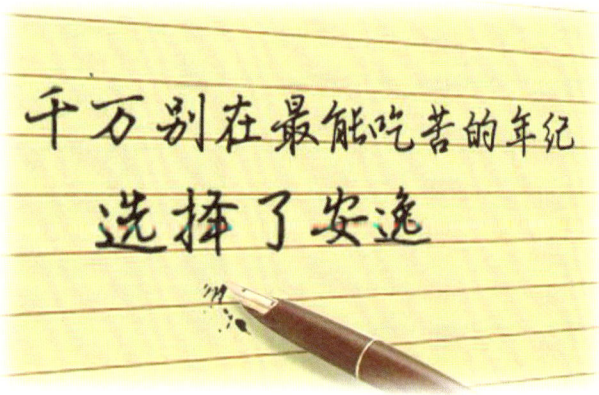

千万别在最能吃苦的年纪选择了安逸

辗转反侧，不知何去何从，真是太折磨人了！

很多富二代患了焦虑症，甚至伴有抑郁症，这似乎让很多人不理解。有人说："我们这般勤奋努力不就是为了让自己的生活更好一些吗？他们不需要自己去奋斗，父母已经给他们准备好了一切，为什么还不开心呢？"其实，问题就出在这里。生活，不仅仅是物质的，还有精神的。快乐是没有办法被别人赋予的，快乐只能由自己获得。当我们做了一些认为有意义的事情时，快乐自然就来了，即便很辛苦。而什么都不需要做的人自我感觉是没价值的，没价值当然就会茫然，也不会真正的快乐，更要命的是他们大事做不了，小事又不爱做。当一个人没有价值感的时候，就会导向抑郁；当一个人不知道做什么好的时候，就会导向焦虑。

所以，请别在最该奋斗的年纪选择了安逸！太安逸了，会生病的，很多焦虑症是源于无事可做和闲得无聊。

当你还在为自己的清闲而沾沾自喜的时候，也许等待你的是无聊和折磨；当你已经感觉到了无聊，那么是时候考虑调整自己的工作内容和工作量了。当你还在抱怨，不去努力，别人已经取得了成就！因为你不做，别人会来做！这是一个很多人都在追求成长的时代，你不成长，没人会等你！

今天你做的每一件看似平凡的努力都是在为你的未来积累能量，今天你所经历的每一次付出，都是你未来快乐的资本！不要等到老了跑不动了，再来后悔人生阅历的浅薄和生命的平庸。这也是很多老年人的无奈、忧伤和凄凉。

11

迷雾中的一诺千金

2017年1月4日下午，雾还没有散，鲅鱼圈那边的负责人来电话说那里的雾越来越大了，高速已经封了，提醒我要注意安全！我想大白天的，还有太阳，应该没什么困难，况且自己有过多次大雾行车的经验。

然而，出了市区，过了机场路段，突然像进了仙境一样，只能看到车前1.5米内路面上的白线。因为看不清，错过了应该转弯的路口，在大雾中掉头是何其危险，这个我知道，但别无选择，前后左右张望，小心而快速地掉了头！哎哟！真是谢天谢地！一番小庆幸之后马上迎来了更大的挑战，在没有红绿灯的十字路口左转是一件高风险的事情！而最让人感到尴尬和后怕的是，在雾最大的地方，当你能看到对面驶来的车的车灯时，它已经到了你的眼前！

我的内在有一个声音告诉自己：你是可以战胜这个大雾的，因为你曾经有

过战胜夜雾的经历。说来也非常有意思，随着情境的变化，大脑迅速调动出既往在夜雾中行车的经验来，内心的自信、沉稳、机智和勇敢逐渐地浮现出来，甚至还有了一点享受这个过程的感觉！一辆大货车从左后超车上来，啊！太好了！就像之前在夜雾中的感觉一样，内心里充满了对这辆货车的感激之情，我紧跟在这辆货车的右后，它就像我的航标灯，既为我指引了方向也帮助我提升了速度！

在这个过程里，几乎都是正性的情绪带动了我，让我有力量调动既往的经验和能力做出正确的判断和选择，这一过程不仅使我又积累了一些生活的阅历，还增加了一次深刻的记忆，同时，给生命多了一份厚重的礼物，提升了自己情绪和压力管理的资本！

带着一路上这么多的收获，准时来到讲座现场。看到那么多期待和喜悦的目光，以及温暖的笑容，我在心里给自己喝彩！

这次是给鞍钢鲅鱼圈分公司炼钢部做的第六期公益讲座，心理资本提升系列之情绪管理。

现场的气氛也着实令人感动，每个人都专注地倾听，还认真地记笔记，并积极参与互动，踊跃发言谈体会讲收获。大家的状态，让我感受到了他们都怀着期待和感恩！大家的发言，让我知道了在他们的内心里，既怀着对单位的感谢，也怀着对营口市中心医院的感恩！既学习到了专业的理论和技能，也提升了心理资本，同时也收到了来自企业领导的关怀及营口市中心医院的福祉！

医疗机构不仅在治疗层面上服务于患者，也应在预防和知识普及层面上尽职尽责，做公益是其中的一部分。让更多的人关注心理健康是我们医院非常重视的一个方向。然而，做公益并不是简单的事情，同样展现着医院诚实守信服务于民的服务理念。我的一言一行，都代表着营口市中心医院的形象，传递着营口市中心医院的情怀和人文精神及做事风格。在当前医疗改革的大潮中，很多医疗领域的工作也宛如在雾中摸索，但医疗行业"全心全意为人民服务"的服务宗旨将一如既往，并一诺千金！

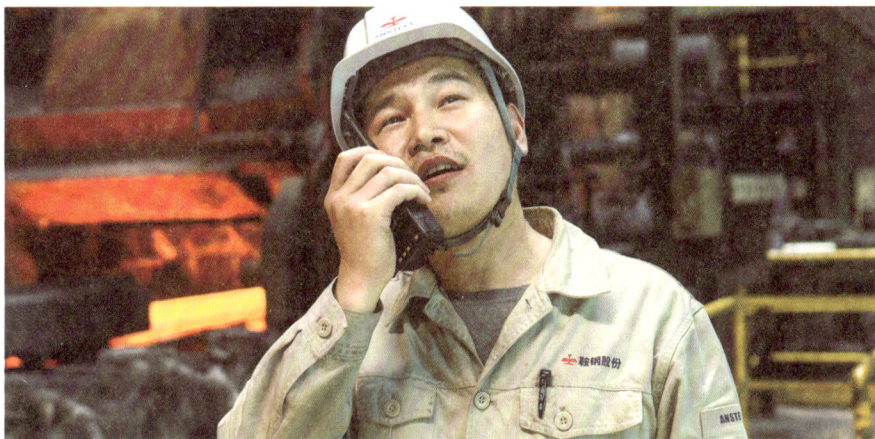

12

给院领导点赞

把美国专家请到我们医院讲座，向世界最好的医院学习管理，当我听到这个消息的时候，既兴奋又备受鼓舞！厉害了，我们的院领导，真棒！

要知道，多年来，为了能够学习到国际上最先进的专业技术和理念，我经常乘坐不同的交通工具，花费一天或一夜的时间，付出辛苦和金钱，去北京、上海等地参加学习和专业培训。很多时候，我非常羡慕那些当地不用住宿的同学，什么时候，我也能在家门口享受国际化水准的培训呢！对我来说，这个愿望像梦一样。

然而，今天这个愿望实现了，坐在院里就听到了世界最好的医院的专家关于管理的现场讲座，真是太享受了，心情忒美了！很珍惜这样的机会，听得也很认真。这正是我想要听的课程！因为，无论对于科室管理、自身成长，还是

针对今年医院开展的"职工心理健康促进和心理资本提升"项目的顺利实施，或者，仅仅作为一名医生，我都需要不断学习一些有关医院管理方面的知识。

此次课程给我带来很多启示和思考。梅奥诊所是一个百年品牌，她之所以能够历久不衰，而且能够成为世界最好的医院之一，源于她的精神。我的理解，梅奥精神是一种钻研精神。钻研如何围绕"患者需求至上"的核心价值观来提供"相互联系、共同协作"具有核心竞争力的服务，无论在质量上、速度上，还是患者感受上；钻研如何做到充分尊重、相信和开发医生的内在动力，使医生能把自己最高的水平展现出来，并能够快乐地工作；钻研如何以系统的思维运营整个服务体系，团结合作，促进沟通，整合多种资源，不断创新和完善，并与时俱进。

管理者懂得患者需求什么，所以提供了全优全流程周到细致甚至令人吃惊又满足的服务，并口口相传。同时，管理者懂得员工需要什么，并尽最大努力打造。在临床实践、专业研究和医学教育方面充分满足医者实现自我的需求。医疗服务是一个系统的工程，员工在充满学术潜力的平台和体系内工作很有同行压力但也很有安全感，不断地感受被滋养、被信任、被尊重、被支持，并能够进行良好的沟通和成长，这难道不是一个医者向往的工作环境吗？更何况在梅奥，每一名员工都是品牌团队的一分子，员工以梅奥为荣。

然而，即便是梅奥精神经久不衰，也是通过而且只能通过"人"而存在。我很好奇，是什么能让2500名医生、6000名护士以及其他工作人员的价值观始终与梅奥精神相吻合并在行为上保持一致呢？要知道改变一个人的价值观是很难的甚至是不可能的。梅奥诊所用的是什么高招呢？带着好奇，听完全程，

我最大的感受是除了在招聘人员时严格把关之外，是梅奥深厚而强大的文化底蕴在起作用，在梅奥，"传、帮、带"精神及模式融入到整个团队的各个角落。

尽管中美在医疗体制和文化上有很多差异，但此次讲座还是带给了我们很多新的信息。能够近距离全方位地现场聆听和互动，能够面对面提问和当场被解答，心中有一种愉悦难以言表，有一种感动冉冉升腾，有一种别样的满足感和自豪感！按捺不住自己想给院领导点赞！因为院领导格局的高远，让我们有机会领略医疗管理的国际风范，促进营口地区医疗工作改革的思考。同时，也是营口百姓的福祉。相信在院领导这样大格局经营理念的指导下，迎着医疗改革的春风，不断地探索和发展，我院一定会越来越好，不断打造自己的品牌，逐渐与国际接轨。尽管我们是一个小地方，梅奥不也是在一个小地方吗？尽管我们的技术水平和服务水准还需要不断地提升，但我们的理念可以首先与世界接轨。

如果你也有同感，就请和我一起点赞吧！并在营口市中心医院这个越来越充满活力的平台和团队里不断地提升自己，相互合作，把患者的需求放在首位，在工作中展现自己的能力，实现自己的人生价值！加油！

13

感恩，温暖
——写在纪念院报创刊第100期

当我得知被邀请要为院报第100期增刊撰稿的那一刻，心中骤然升腾出一股喜悦和温暖，并迅速扩散到全身，同时有一份强烈的感恩之情在心中荡漾。脑海里一幅幅过往温馨的画面盘旋着闪出。

2008年6月我来到营市中心医院工作，并成立心理科。第一次参与院报的撰稿是2008年的7月院报第34期，当时医务部付义刚主任建议我试着给院报写些稿件。我还清晰地记得，当时付主任非常忙，但还是不厌其烦地一遍一遍地逐字逐句地修改我的稿件，为此我很感动！这岂止是修改稿件，更是在展现着一种精神，诠释着一种做事的态度。逐渐地有一种使命感在我的内心里不断地加强——认真地去写每一份稿件，认真地去做每一件事情。

另一件印象深刻的事是，2010年夏天，当时主管院报工作的杨成光老师特意找到我，提议要在院报上开设一个关于心理方面的栏目，我当时有点压力，担心自己是否能保证每月一份稿件，但杨老师给了我很多的鼓励，并亲自为这个栏目起了名字，杨老师的热情和对院报深深

的感情真的让我折服和感动！于是2010年10月在院报第61期，《心语会客厅》这个栏目就开始呈现在了大家的面前。

一幅幅温馨的画面带着色彩和音容笑貌逐一呈现在眼前：院领导关怀和鼓励的画面，前辈们支持和指导的画面，全院很多同事正性的反馈和鼓励的画面……还有和谐的温暖的展现着医院未来的美好画卷！这一幅幅令人激动和感动的画面带给我的感觉，真的难以用文字完全表达出来！能够感觉到的是深深的喜爱和浓浓的温暖！

院报集聚了很多人的智慧、坚持、奉献和爱！院报既是呈现员工才艺的舞台，又是展现医院风采的窗口，也是医院给职工的一份精神福利，院报将越来越成为我院文化中一道美丽的风景。

深深地感谢这个平台，感谢那些为医院文化为院报做出很多贡献的人，尤其是幕后默默工作的领导和同事们，感谢给了我很多鼓励和正性回馈的朋友和同事们。通过这些年参与院报的投稿，我得到了锻炼和学习，有了很多的成长。相信这些也将会成为我人生中一份美好的回忆！相信带着这颗温暖和感恩的心，我会更有力量在《心语会客厅》这块田里继续努力耕耘，不断往前走。

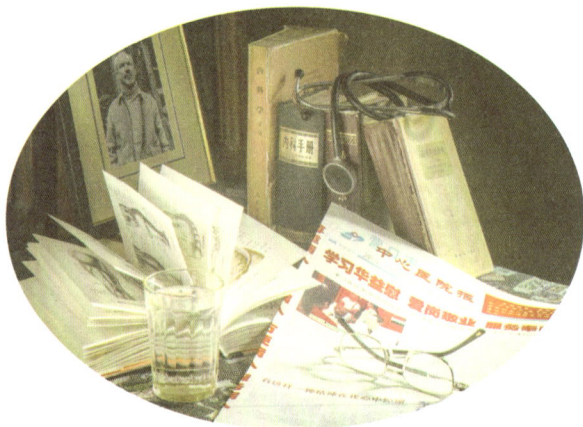

14

"健康促进"关乎你我他

国家卫计委《关于加强健康促进与教育的指导意见》的发布，犹如一阵春风吹暖中国大江南北，令全国民众备感温暖、备受鼓舞，这是关乎全民健康的伟大倡议。在过去的几十年里，中国高度重视经济发展，这给中国的迅速发展强大创造了良好的外部条件，改善了人民的物质生活水平，但同时很多事情也受到了忽视，尤其是忽视了人们内在情感和精神的需求和建设，当然也忽视了人民健康的维护和促进。

历史的发展不可能完美无瑕。今日的中国，人们更追求健康和幸福！而健康又是幸福的前提、基础和保障。现代健康的新概念已不仅仅是没有躯体疾病，而是包括身体健康、心理健康、道德健康和社会适应良好。只有在这四个方面都处于健康状态，才是真正意义上的健康。然而，现今社会，还有相当多

的人由于各种原因，而不能获得完全的健康状态。不健康的人会"影响"或"传染"周围的人，尤其在中国这个信奉儒家群体文化的情境下。比如：一些人因为道德不健康，会做出危害人们健康的食品安全和环境安全等事情来；有些人因为心理不健康而做出一些妨碍他人的事情；等等。因此，健康绝不是一个人的事，关乎你我和我们的亲人及下一代。

健康促进概念最早出现在20世纪80年代，1986年在加拿大渥太华召开的第一届国际健康促进大会指出：健康促进是促使人们提高、维护和改善他们自身健康的过程。是协调人类与环境的战略，它规定个人与社会对健康各自所负的责任。因此，健康促进是需要全社会共同参与和努力的过程。

作为一名医生，一辈子都要和疾病打交道，目的是维护和促进人们的健康。然而，随着社会的进步和医学的发展，医生的责任已不仅是一味地诊疗和面对越来越多的患者"兴叹"，而更应思考如何为全人类的健康做出努力，思考如何教会人们进行自我保健，减少疾病的发生。因为，预防大于治疗。

医院更是"健康促进"的重要组织机构。就像美国梅奥的专家所说：医院应围绕"患者需求至上"的核心价值观来提供"相互联系、共同协作"的全面优质服务。而优质医疗服务的提供者是我们医护人员。那么，医护人员的健康状态就显得非常重要了。

2016年我院领导在心理科述职活动中做出重要指示：心理科应在全院员工的心理健康工作中发挥更大的作用。是的，院领导的高瞻远瞩令我有了更多的使命感。于是，2016年卜半年在医院"金点子"活动中，找提出"职工心理健康促进和心理资本提升"项目的工作计划。现已在全院多部门的配合下逐步实施此项目的计划内容。项目的目的是让每一名医护人员学会自我调节，掌握医患沟通的基本技能，减少医患矛盾及医疗纠纷的发生，感受集体的支持和温暖，调动职工的工作动力和热情，从而提升医院整体精神面貌和服务质量。拿我们院领导的话来说："要让医护人员的心里感到舒服了，才能提供让患者感到舒服和满意的服务。"是啊，近年来，多种原因造成医患关系紧张，伤医事件时有发生，医院工作的压力和难度越来越大，医护人员的精神压力、情绪状态和工作状态因而不能处于最佳的状态，工作效率也受到了影响，这更增加了医疗事故和医患纠纷的风险。所以说，院领导的理念是对的，既要关注患者的需求至上，也要关切医护人员的健康状况，尤其是心理健康状况。

现代生物–心理–社会医学模式要求医护人员要用系统的思维来工作，因为诊疗本身就是个系统的工程。而现代医学生的培养在过去几十年中，更关注诊疗技能的培训而忽视了人文关怀和沟通能力的培养。因此，为了更有利于医护人员的工作，促进患者的健康，有必要对医护人员进行如何与患者建立好关系方面的技能培训。事实上，近些年我院心理科已经在全院员工中开展了多种形式的心理学活动。比如：对医院员工进行关于"沟通""用系统来工作""健康新概念""医护工作者的自我照料""用系统的眼光看医患关系""心理健康

促进与管理"等主题讲座和分享。并以体验式学习小组、心理成长小组和读书小组等形式，就实际工作中的困惑用心理学系统式的思维和方法进行切实的探讨和解决，收效显著。这些工作，不仅解决了部分员工实际工作上的难题，也促进了员工的健康，从而间接提升了医疗服务质量。

为了让更多的人重视和促进健康，我院各科室做了很多健康宣教和公益诊疗活动。我们心理科也做了很多的努力，先后在电台、电视台、报纸等媒介进行健康宣教，并组织进行了线下、线上的大型公益讲座，目的是让更多的人懂得心理健康知识，并会用这些知识解决身边的问题，尤其是在家庭教育方面给广大家长以指导，改善孩子成长的家庭心理环境，避免因家庭教育不当造成儿童青少年心理疾病的发生，促进我们的下一代健康成长，长成可用之才。这些活动都收到了良好的社会效益。我们一直在为全社会的健康促进做努力。

一个民族真正的强大是人的强大，一个国家真正的富强是人民的健康富足，当国人都拥有健康时，才是真正意义上的强国。因此，健康促进，不仅关乎你我和我们的下一代，也关乎国家的强大和民族的自尊！做好这项工作意义重大，就从我们自身和自己的岗位一点一滴做起吧！

健康促进仅靠医疗工作者来做，只是杯水车薪，每个人都应该为自己的健康负起责任！

健康促进，你我同行！

15

沟通技巧——读懂和使用肢体语言

沟通无处不在，所有行为都具有沟通的价值。

假设你不进行任何信息沟通，你会做什么？停止说话？闭上眼睛？离开房间？你会发现，这些无声的行为也在传递信息，似乎意味着你在"避免接触"。

了解到人无法不沟通的事实是很重要的，因为这告诉我们：我们每一个人都是信息的传递者，而且这是不可能阻断的。无论我们做了什么或没做什么，我们都在不断地传播出一些信息。比如：我们在讲话时会结巴、脸红、皱眉和流汗，我们并不想这样，但这些确实也传递了一些信息，而接到这些信息的每

一个人的感受和理解也是不一样的。即使有时候我们什么都没做，但我们面部表情的变化，足可以让周围的人知晓我们的情绪和态度。

这些行为，也就是我们所说的肢体语言，也是非言语性沟通的一部分。有时候，非言语性沟通行为在某些场合比言语性沟通更重要，甚至是言语性沟通所无法代替的。比如：警察在路况拥塞时指挥交通的手势，街道勘测员彼此用手势动作来完成交流，以及军队中使用的手势，等等。

非言语性行为可以界定出我们想要与别人保持哪一种类型的人际关系。想想当你在迎接一个人时，你会有哪些动作？你可能会用力地挥手、打招呼、点头、微笑、拍拍他的背、给他一个拥抱，还是完全避免这些行为？这些方式的选择自然地表现出你与这个人的关系。

非言语的行为在定义你所要的人际关系上比字词更有力。回想一下你从那些对你感到厌烦的人身上所感受到的东西，大多情况下第一线索并不是来自直接的口语表达，而是来自他们所表现出的非言语性线索。这些信息借由一些行为来传递，这些行为包括：没有眼神的接触，不悦的面部表情，距离的增加，以及肢体接触的减少，等等。可见非言语沟通在分辨人际关系状态上的有效性。

作为医护工作者，其实我们每天都在品读着患者的肢体语言，我们从患者的音容、动作、步态、情绪等方面可以粗略判断患者的状况。然而，我们每天

也被患者及其家属品读着。我们不紧不慢的一句话，不经意的一瞥，没有表情的面孔，不耐烦的动作和回答，不顾及别人的开关门声，都会让患者感到你的不屑一顾，有不被尊重以及被忽视的感觉，甚至有被虐待的感觉。慢慢地患者会产生焦虑和气愤，甚至会造成医患冲突，这是一个交互作用的结果。久而久之，会损坏我们个人、科室及医院的形象和口碑，更严重的可能成为医疗纠纷的导火索。

　　每一位医护工作者都想做好医疗服务的工作，但这并不容易。因为人并不只是生物意义的人，还有心理和社会层面的，在这一点上，病人和医护人员是一样的。所以，医护人员要做好医疗工作，不仅要钻研专业技术和技能，要学会如何与患者沟通合作，也要特别注重我们自己的心理状态及言行，尤其是我们的肢体语言。读懂和使用肢体语言不仅有助于增进医患关系，而且可以提高工作的效率和工作的满意度及幸福指数。因为，我们最终的目的是和患者一起共同疗愈其病痛。

16 ——

语言的力量和温度

    语言是人们在社会生活中广泛运用的交际工具，在医护工作过程中，是心理治疗和心理护理的重要手段。南丁格尔说过："护理工作的对象不是冷冰冰的石块、木头和纸片，而是有热血和生命的人类。"因此，良好语言修养是治疗和护理的首要因素。

    有一个小伙子，因伤于脊椎，疑致偏瘫，他极度悲痛，意欲自杀。医护人员为此进行了讨论，决定对其加强监护，并由一个医生对他进行心理干预。这个医生耐心地劝慰和鼓励他："你年轻而且身强力壮，新陈代谢旺盛，只要积极配合治疗，加强体能锻炼，一定能够最大程度康复的。"医护人员的真诚、热情和鼓励，鼓舞了他战胜疾病的信心和勇气，结果，他预后非常好，小伙子很快恢复了健康。

    可见，医护人员的言行举止直接关系到患者的心理反应，恰当的语言在提升患者对医生的信任与合作方面起到了非常关键的作用，这些恰当的言行既能改善医患关系，也能促进患者疾病的恢复。语言也是一种尤为重要的治疗工具。

    同一个意思，用不同的语言表达出来，听者的感受是不一样的！多用积极、健康的语言，与病人恳切交谈，帮助病人正确地认识和对待自己的疾病，传递利于患者恢复健康的信息，能够增强病人的信心。就像我们所知道的那样，对于一个病人来说，能够拥有战胜疾病的信心有多么重要！针对病人的情绪情感反应，医护人员及陪护人员的语言也非常重要，比如，病人悲痛、焦虑时，应给予安慰和同情，使其合理地疏泄心中的烦恼，解除压抑的痛苦，得到心理上的宽慰和满足。只有当消极的情绪得到有效的处理之后，患者本人才有力量和精力去思考如何与医护人员合作；否则，患者会被困在情绪里难以自拔，不利于疾病的疗愈。这样做，不但可以促进医患关系，协作愉快，减少纠纷；而且可以真正地让患者感受到被理解被呵护，情绪的改善和心情的愉悦更能加快患者痊愈的速度，提高治疗质量，当然，也提升了医者和医院良好的口碑。

人们常说："良言一句三冬暖，恶语伤人六月寒。"语言，它既可以治病，也可以致病。所以，说话是一门学问，其实，不仅仅是医护人员需要学习如何恰当地使用语言，各行各业的从业人员都有必要学习恰当地使用语言。说话是一种艺术，这让我想起记不得在哪里学习到的"说话的温度"：

大事，清楚地说；

急事，慢慢地说；

小事，幽默地说。

没把握的事，谨慎地说；

没发生的事，不要胡说。

做不到的事，别乱说；

伤害人的事，不能说。

讨厌的事，对事不对人地说；

开心的事，分场合说；

伤心的事，不要见人就说。

别人的事，小心地说；

自己的事，听听自己的心怎么说。

现在的事，做了再说；

未来的事，未来再说。

如果，对"我"有不满意的地方，请一定要对我说！

让我们从现在开始吧，学习恰当地使用语言，用良好的沟通来构筑和谐的生活！

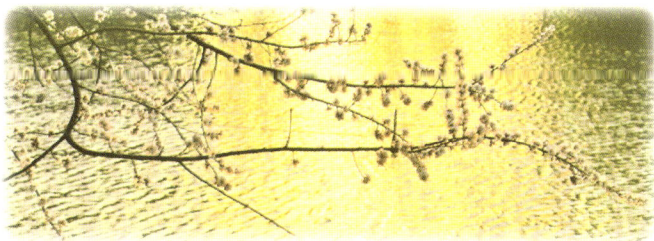

17

别贬低了你的生命价值

    小吴今年大学刚毕业，在家人的帮助下，半年前找到了一份父母认为不错的工作，长白班，工作不累，每天做做报表，接接电话，给领导递送个文件，等等。刚来的时候，小吴非常认真地做事情，一个月下来，觉得这些工作太简单了，自己用不到一半的精力就能完成，于是，在没有什么事情的时候，小吴就拿起手机上上网，和朋友们聊聊天什么的。日子虽然过得平凡，却也惬意，每月单位给自己开三千多元的工资，起码够自己日常花销了。虽然看着同学中有的整天忙碌，高工资，也很羡慕！但是小吴觉得自己没有本事跳槽，就只好待在这里，毕竟这里工作很稳定。

    刚毕业的大学生总会有人给介绍对象，可是看了几个对象都没有成，女方都嫌小吴工资少。时间久了，小吴越来越郁闷，每天无精打采的，也开始觉得自己的工作不好，不但挣得少，而且没意思。小吴对工作的热情慢慢地降低了，对工作越来越敷衍，得过且过，甚至开始抱怨父母给自己找的这份工作！

    生活中，与小吴类似的情况有很多。很多人既抱怨工资少，又嫌工作没意思；也有的人，对待工作就是敷衍和糊弄，认为自己怎样都是挣那么多的钱，能少干一点儿就少干一点儿，最好是不干，因为干多了容易出错，或许还会受到惩罚；有的人觉得，挣多少钱就干多少钱的活，否则自己就是个傻瓜；也有的人，能离开工作岗位一会儿就离开一会儿——无论是干私活还是闲聊天，觉得这样就好像是占了公家的便宜。

    其实，无论你的时间花在哪儿，工作干多还是干少，时间都是你的，不是别人的。你的每一秒组成了你的人生，或者说得更清楚一些：如果没有珍惜你生命中的每一时刻，很多时间在做无意义的事情，那么，你就糟践了自己的生命！仅仅用钱来衡量生命的价值是最贫贱的！因为这个世界上很多珍贵的东西都是用钱买不来的。比如：情感、信任、能力、爱、健康和生命的意义。

不是说生命中不能有休闲，而是提倡高质量的休闲，有益于健康和愉悦身心的休闲和放松。生活中，很多人用紧张的方式来放松，比如，拿大块时间来打游戏的人。打游戏并不轻松呢！

当生命价值被贬低后，尽管贬低你的人是你自己，无论你的意志有多么强大，也都会感受到莫名其妙的烦恼和抑郁。因为我们的快乐和生命力来源于自我价值感。当自我价值感接近于零的时候，人会感觉到自己的生命是没有意义和没有价值的，这时候就会有活着没意思的感觉，心情低落，兴趣减低，出现了抑郁的症状。当自我价值感为百分之五十左右的时候，人虽然不是很抑郁，但会对周围的人和事很敏感，会感到不自信。这些个人的状态，不仅会影响到做事的状态和效率，也会影响到人际关系的质量，甚至会影响到集体的状态。所以，不断地提升生命的价值感对自己非常重要，对家庭非常重要，对所在的集体也是非常重要的。

那么，如何提升自我价值感呢？很简单，努力做最好的自己，让生命的每一寸光阴都绽放光彩和有价值！珍惜当下的每一时刻，努力地提升自己多方面的能力，不断地投资自己，挖掘自己生命的潜能，让自己越来越优秀！

最好的投资就是实践。实践是最好的学习，投身于实践中，你会获益匪浅！就像我的同事魏玲主任说的："人生没有白走的路，每一步都算数。"这句话给我的印象特别深。在人生的路上，每个人都会有不同的走法，无论怎么走都不会白走，但若不走，停在那里，你可就亏大了。

记得杨绛先生在《我们仨》这本书里说过："我们在旧社会的感受是卖掉了生命求生存。因为时间就是生命。"是的，如果你的工作只是为了生存，那么是不是可以想办法生存得更好一些呢？如果你的工作是为了生活，那么你一定有办法活出你的生命价值来！

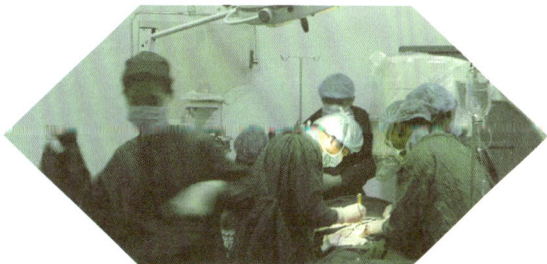

后记

"姐，你最近在忙什么呢？"电话那端传来彩琴亲切甜美的声音。

"我在整理一本书……"我略有羞涩地说。

"……友人寄语……"彩琴认真地给出建议，她总是那么聪慧！

就这样，有了此书正文前的赞誉和序一。

这本书融入了很多人的生命智慧！

生命中有很多智慧，比如：合作。在成书过程中，印象最深的关于合作的画面是东北大学出版社的向阳副社长，他专程从沈阳来到我的办公室和我共同商讨关于这本书的出版事宜，虽然在此之前我们并不相识。他这种敬业和处事的态度，让我感受到了合作的力量和乐趣！在合作的过程中，一直良好的沟通和各自高效率的工作，使得这本书在短短几个月的时间里就从零散的文字，整合为一本书了，这绝对是很多人合作的结果，包括出版社的人，也包括我的同事、朋友，他们给了我各种各样的支持、帮助和关怀，这是一种众人划桨的感觉！合作，令彼此生命智慧得以更大限度地发挥！让诸多生命智慧得以融合和提升！在这个过程里，我更深刻地体会了生命的美好离不开与己与人与自然界合作。

成书的过程，是另外一种学习，一种新的体验，一次新的觉察和成长。也有很多感动！我的老师和朋友们第一时间就发来了他们的寄语或序言。我知道，他们是在百忙之中仔细阅读那些文稿，然后用最少的文字表达他们心里最想说的话。越是换位思考，就越发感动！与此同时，内心荡漾起存在已久的感激之情！那就是，感谢心理学老师们对我的培养和教

导，让我学会用系统的思维去看事情，学会了更多地找到资源，学会了以更加中立的态度对待自己和他人，找到更多自己和他人的生命智慧。

我的第一篇院报文章《精神的按摩——心理咨询和治疗》在2008年7月见报，距今已经十年了。十年后的今天再看它，虽有很多不尽如人意之处，但却开启了我的写作之旅。因此，我在想，谁又知道每个人当下正在做的一件件小事，将会成为怎样的新的开始呢？

如果说，在过去的十年里，是在踏踏实实走路的话，那么，接下来的一个或几个十年里，也一定是踏踏实实走路，踏踏实实做人做事做学问！而且将以更加开放和平和的心态，接受、输出和分享！

院报还将继续，撰写还将继续，成长永无止境！或许，在未来，回想现在的日子，那将是一段带着多彩记忆画面的愉悦而又充实的好日子！而这些美好的记忆将会让未来的每一个当下的生命活力与智慧熠熠生辉！

如果说生命是一条河流，那么，每一条河流都有其内在的智慧和美丽。每一条河流，都既滋养着周围的生命，也滋养着彼此，从河流里蒸腾起的水雾融入空气，融入云层，再经过雨雪等归入河流。很多的小河汇成大河，很多的大河汇入大海，海洋的壮观、伟岸、力量、平静及胸怀，来自每一条小河的融合。而海洋的博大和厚爱又滋养着每一条小河、每一个生命。

生命到了一定阶段，使命感就会悄悄地到来，带着美好的记忆和憧憬，我们一起继往开来！